돈지랄의 기쁨과 슬픔

만슐리에세이 01 돈복

돈지랄의 기쁨과 슬픔

신예희 지음

drunken
editor

목차

신예희의 물좋권
– 직접 써보고 권합니다

황선우 작가의 프리뷰

¶

정확하게 쓴 글을 읽는 것을 좋아한다. 또렷한 관점과 풍부한 서술을 거칠 때, 무질서하던 세계는 의미를 얻어 정연한 제자리를 찾는다.

명쾌한 쇼핑 비평가이자 상품 감식가로서 신예회도 그런 글을 쓴다. 낭비 없는 동작으로 목표물을 조준하고 방아쇠를 당기는 스나이퍼처럼 좋은 물건을 명중시킨다. 가성비에 타협하지 않는 꼿꼿한 자세, 쓸모를 살피는 날카로운 눈은 돈과 시간을 헛쓰며 실패해본 40대 여성의 시행착오에서 나오기에 설득력이 강하다. 두루마리 휴지, 데오도란트 비누부터 SUV까지 이 사람이 골랐다면 그만한 이유가 있을 것 같다.

신예희는 맥시멀리스트에 가깝지만 분별없이 방대한 물건의 무덤에 짓눌리지 않으며, 지름의 쾌감을 즐기면서도 내일이 없다는 듯 다 써버리는 욜로가 아니다. 어울리지 않게 된 물건은 수시로 비워내며 스스로를 환기하는 행위를 '업데이트'라는 개념으로 정의한다.

매달 가계부를 써가며 저축하는 성실함, 현금을 사용하며 소비 규모를 통제하는 주체성이 몸에 배어 있다. 노력해서 돈을 벌고, 그 돈을 잘 관리해 마음에 꼭 드는 물건을 구입하며, 그것을 매일 사용하는 즐거움을 한껏 누린다. 스스로를 아끼고 잘 대접해 다시 잘 일할 수 있는 상태로 유지한다.

신예회에게 소비란, 건강하고 단단한 생활의 선순환을 이루는 고리다. 어떻게 해야 소중한 자신을 만족시킬 수 있는지 잘 아는 사람이, 행복의 도구를 능숙하게 사용하는 방식이다.

이 책을 읽고 나면 그가 권하는 제품을 사고 싶어진다. 다시 말해, 잘 살고 싶어진다.

프롤로그

오늘도 돈지랄의 역사를 쓴다

¶

없는 게 없다. 많기도 많다. 옷장 속엔 옷이 가득하고 화장
대 위엔 화장품이 빼곡하다. 들고 다닐 가방도 몇 개나 있
고, 현관과 신발장엔 신발이 넘쳐난다. 노트북과 휴대폰, 거
기다 아이패드에 전자책 단말기도 있다. 사람은 한 명인데
우산은 여러 개다. 이미 집도 있고, 차도 있다. 생활에 필요
한 건 다 장만했구먼, 그런데도 나는 왜 계속 새로운 것을
찾아 헤맬까?

인스타그램을 하다 보면 종종 광고에 흠칫하게 된다. 운동할 때 입을 레깅스를 한번 검색했더니 그때부터 레깅스 업체의 광고가 내 뒤를 졸졸 쫓아온다. 사용자의 검색 패턴에 기반한 무슨 무슨 알고리즘의 결과라나. 설명을 들어도 뭔 말인지 잘 모르겠지만 암튼 기분은 별로다. 감시당하는 것 같잖아… 라고 생각하면서도 문제의 광고에 금세 솔깃한다. 조금만 부추기면 지갑을 팍팍 여는 한 떨기 귀 얇은 소비자가 바로 나다. SNS에 뜨는 광고만 봐도 그 사람의 지난 행실, 아니 지난 소비를 파악할 수 있는 세상. 그럼, 지금 내 휴대폰 속 이 광고들은 내 돈지랄의 역사를 보여주는 것일까? 돈지랄, 하고 가만히 불러보면 가슴이 뛴다(아이고 아련해라). 뭘 지를까, 생각만으로 이미 설렌다. 세상엔 수많은 지랄이 있고 그중 최고는 단연 돈지랄이다.

이 단어는 오랫동안 나쁜 의미로 쓰였다. 착한 소비, 현명한 소비의 반대말로 통했다. 온 세상이 내가 내 돈 쓰는 것에 죄책감을 심어주려고 무지하게 애쓴다. 헛돈 쓰지 마라, 낭비하지 마라, 니 한 몸 편하자고 쓸데없는 거 사지 마라. 그거 다 돈지랄이다.

말에는 힘이 있다. 좋지 않은 이야기를 몇 번이고 반복해 듣다 보면 정말 그런가 싶고, 슬슬 믿게 된다. 그렇다면 내 쪽에서도 굳이 입을 열고 소리 내어 더 크게 말해야겠다. 돈지랄이 얼마나 재밌는데요, 얼마나 달콤한데요, 얼마나 신나는데요. 나는 그렇게, 돈지랄이란 단어의 누명을 벗겨주고 싶었다.

돈을 쓴다는 건 마음을 쓴다는 거다. 그건 남에게나 나에게나 마찬가지다. '나를 위한 선물'이란 상투적 표현은 싫지만, 돈지랄은 '가난한 내 기분을 돌보는 일'이 될 때가 있다. 내 몸뚱이의 쾌적함과 내 마음의 충족감. 이 두 가지는 세상에서 제일 중요하고 소중하지만, 내가 나와 충분히 대화를 나누지 않으면 영영 모를 수도 있다.

음식도 이것저것 먹어봐야 내 입에 딱 맞는 간을 찾을 수 있고, 이 옷 저 옷 입어봐야 내 몸에 착 감기는 걸 찾을 수 있다. 나는 꽤 오랫동안 엉뚱한 사이즈의 브라를 고집하며 고통받았는데, 뒤늦게 마음을 고쳐먹고 여러 시행착오를 거쳐 드디어 내 사이즈를 알게 되었다(물론 노브라가 최고지만).

소비 패턴을 들여다보면, 그러니까 카드 내역을 쭉 살펴보면 내가 어디에 비중을 두고 사는지 답이 딱 나온다고 한다. 외면하고 싶은 진짜 내 욕망이 그 안에 숨어 있다.

그렇게 헛돈을 쓴 덕분에, 낭비한 덕분에 진짜를 찾았다. 나는 이런 이야기를 같이 나누고 싶고, 좋은 게 있으면 권하고 싶다. 함께 깔깔 웃으며 돈지랄의 역사를 계속 쓰고 싶다.

그런 마음으로 책을 썼습니다. 부디, 즐겁게 읽어주시길.

소비의 죄책감

내가 벌어 내가 쓴다는데

나는 왜 푼돈에 손을 떠는가

¶

매일 쓰는 물건일수록 좋은 걸로 써야 한다.

이렇게 써놓고 다시 읽어보니, 음 너무 당연한데? 라는 생각이 든다. 하지만 실제로는 정체불명의 죄책감이 들어서 그러지 못할 때가 많다. 지갑을 열기 직전, 내가 나에게 말한다. 성능 다 거기서 거기야. 그냥 싼 거 사.

가격 차이가 뭐 그리 엄청나게 나는 것도 아닌데, 돈 조금 더 써서 괜찮은 물건을 사면 결국 나에게 좋은 일인데도 그렇다. 그렇게 쪼잔하게 굴다가 어느 날 맘에 담아둔 물건을 선물 받기라도 하면 기분이 그렇게 좋다. 내 돈 주고는 못 사던 게 생겼다며 행복해한다. 이게 뭐라고, 왜 진작 못 샀을까 하는 생각에 약간 서글퍼지기도 한다…라고 말이 점점 길어지는데 얼른 본론으로 들어가겠습니다. 지금부터 말하려는 건 제 파우치 속의 '나스 립펜슬' 얘기랍니다.

나스 립펜슬이 대체 무엇인가 하면, 나스NARS라는 수입 코스메틱 브랜드에서 출시한 두툼한 립스틱이다. 이름처럼 연필 모양으로 생긴 거라 전용 연필깎이로 돌돌 돌려가며 깎아서 쓴다.

얼마 전, 한 친구가 모임 자리에 여러 자루를 들고 나와선 여행 다녀온 김에 면세점에서 샀다며 선물해주었다(복 받을 것이다). 게다가 예희 씨는 이 색이 딱이겠다며 선명한 빨간색 립펜슬을 콕 집어 골라주기까지 해 무척 설렜다.

"앗, 이거 써보고 싶었어요! 고맙습니다!"

좋다는 이야기는 정말 많이 들었는데 써보는 건 처음이다. 발색도 선명하게 잘되고, 촉감도 부드럽고 보송보송하다. 역시 좋다 좋아. 그런데 이게 좀 헤프다. 깎을 때마다 속살도 같이 깎여나가서 아깝고, 떨어트리기라도 하면 쉽게 부러진다. 보통 립스틱이나 립글로스는 왠지 영원히 쓸 수 있을 것 같은데, 이건 개시한 지 몇 달 만에 금방 몽당연필만하게 줄어들었다. 아깝냐고요? 아깝죠. 3만 얼마씩 하는 건데 눈물 난다고요.

은근슬쩍 저렴이에 눈이 간다. 나스 립펜슬은 워낙 인기가 많아 카피 제품이 나오는데 가격이 저렴해서 '저렴이'라고 부른다(오리지널은 속칭 '고렴이'). 구글에서 '나스 저렴이'를 검색하면 아주 쉽게 정보를 찾을 수 있다. 블로그들에 따르면 고렴이의 무슨 무슨 컬러는 저렴이의 요런 요런 컬러와 완전히 똑같다고 한다. 심지어 고렴이와 저렴이는 제조 공장마저 같다는 썰도 있다.

저, 정말요? 진짜인지 아닌지 모르겠지만 그리고 블로그 주인은 대체 그런 정보를 어디서 얻은 건지 그 역시 모르겠지만 왠지 믿고 싶다. 그렇잖아요. 고렴이 1개 살 돈으로 저렴이 2.5개쯤 살 수 있다는데 믿어야지 어쩌겠어요.

그러고 보면 화장품 중에 유난히 저렴이가 많다. 스킨케어 제품이 아니라, 있어도 그만 없어도 그만인 색조 제품이나 향수류가 그렇다. 사면 왠지 기분이 좋아지고 취향까지 충족시키는 물건이지만, 가격이 부담스러우니 많이들 저렴이를 찾는 모양이다. 그리고 나처럼, 고렴이랑 제조 공장이 같다는 말을 믿고 싶어 하는 것이다.

검색하는 김에 '조말론 st. 디퓨저'라든가 '딥티크 st. 향초와 룸스프레이'를 파는 쇼핑몰을 구경하며 중얼거린다. 어우, 고렴이는 15만 원인데 이건 2만 원이네? 포장도 용기도 꽤 비슷하게 생겼다. 고렴이의 로고를 흉내 낸 스티커도 떡 붙어 있다. 그럴싸하다.

뭐 여하튼 좋다. 저렴이와 고렴이는 실제로 그렇게 비슷할까? 상표를 가리고 발라보면 색이 같을까? 눈을 감고 맡아보면 향이 같을까? 그럴지도 모르겠다. 문제는, 나는 진실을 안다는 것이다. 같은 공장에서 만들었다(고 주장하)는 그 립펜슬은 과연 꽤 좋았다. 부담 없이 한 큐에 2개 사서 실컷 발랐다.

하지만 쓰는 내내 이건 저렴이야, 라고 생각했다. 그리고 곧, 저렴이가 싫어졌다. 저렴이는 저렴해서 내 성에 차지 않는 것이다. 다시 검색했고, 이것보다 더 진짜 같은 저렴이가 있다는 정보를 얻어 그걸 샀다. 역시 성에 차지 않았다. 슬슬 현타가 온다. 저렴이에 쓴 돈이 얼마야, 이럴 거면 그냥 처음부터 고렴이를 살걸 그랬어. 갑자기 열이 확 받는다. 야이씨, 내가 이렇게 열심히 일해서 돈 버는데 이 정도도 못 사?

이제 알겠다. 내 기분 좋으려고 사는 물건은 내 마음에 들어야 한다. 오만가지 제품을 쫙 깔아놓고서 그중 가장 가성비 좋은 걸 고르는 게 아니라, 첫눈에 확 꽂히는 걸 집어야 한다. 그러니 저렴이로 만족할 수 있을 리 없지.

저렴이 500개 살 시간에 고렴이 1개 사는 게 훨씬 즐겁다. 광고도 근사하고 모델도 멋지고 패키지도 있어 보인다. 보여주고 싶고 티 내고 싶고 자랑하고 싶다. 마흔 몇 살 먹어도 나는 그렇다.

세상 모든 탐나는 물건을 다 사진 못해도, 그래도 3만 얼마짜리 립펜슬쯤은 주저 없이 사겠다고 외쳐봅니드아아아!!!

아끼면 똥 된다

¶

JTBC 예능 〈냉장고를 부탁해〉에서 가장 재미있는 순간은
출연자의 냉장고 속을 구경할 때다. 엄청나게 근사하고 비
싼 재료가 나올 때보단 유통기한이 3년 전에 지난 소스가
굴러 나올 때라든가, 냉동실 저 안쪽에서 의문의 사체가 발
굴될 때가 그렇게 재미있다. 왜냐, 남의 일이 아니라서요.
나의 냉장고에도 엄청난 유물이 파묻혀 있다. 부모님 집에
갈 때마다 냉동실을 열어보며 이게 다 뭐냐고 짜증을 내지

만 나도 내 집에선 똑같은 꼴이다. 당장 먹진 않을 거지만 버리기엔 아까워서, 상하지도 않았는데 버리면 왠지 벌 받을 것 같아서 일단 넣어둔다. 내 눈에 보이는 곳에 두면 마음이 무거워지니, 비닐봉지든 어디든 싸서 냉동실에 처넣은 다음 두터운 문을 딱 닫아버린다. 그리고 잊는다.

먹다 남은 음식이나 쓰다 남은 재료야 언제 날 잡아서 냉장고 청소를 할 때 싹 치우면 그만이다. 하지만 문제는 이거다. 비싼 것, 귀한 것, 희한한 것도 하염없이 쟁여둔다는 것. 좋은 걸 나 혼자서 날름 누리려니 정체불명의 죄책감이 든다. 이런 건 일단 잘 쟁여 놔뒀다가 나중에 가족들이 다 모였을 때 함께 나누어 먹어야 할 것 같다. 가족을 위해 희생하는 게 최고로 아름다운 일이라는 교육을 받고 자란 대한의 딸, 'K-도터'라서 그렇다.

포장지에 유통기한이란 숫자가 뚜렷하게 박혀 있긴 하지만 왠지 영원히 오지 않을 먼 미래 같다. 2017년엔 에이 설마, 2019년이 오겠어? 했는데 이미 한참 전에 지나갔다. 그리곤 어느 날 찬장이든 냉장고든 서랍이든 어디선가 그것을 발굴하곤 갈등한다. 이건 '유통기한'이잖아, 이 날짜가 지나면 사고팔지 말라는 얘기지 먹으면 죽는다는 소린 아니잖아, 괜찮겠지? 아닌가? 긴가? 민가? 맛만 볼까? 중얼중얼….

좋은 게 생겼을 때 곧바로 쓰는 사람이 있고 일단 쟁여놓는 사람이 있다. 전자가 되는 데엔 용기가 필요하다. (네, K-도터라니까요.) 보통은 "와, 이거 너무 좋아!"라고 감탄하며 인증샷을 한 장 찍은 다음 차곡차곡 쟁인다. '쟁이다'라는 표현을 쓸 때마다 다람쥐나 곰, 햄스터 같은 동물이 떠오른다. 밤이든 도토리든 해바라기 씨든 나중을 위해 일단 굴속에 쌓아놓는 녀석들… 그래서 나는, 쟁여둔 걸 쓰게 될까? 그런 날이 오긴 올까?

아끼면 똥 된다. 모든 게 그렇진 않지만, 확실히 똥이 되는 것이 있다. 귀하고 비싼 건어물이 어느새 곰팡이 맛으로 변하고, 그걸 보관했던 서랍엔 찝찔하고 쿰쿰한 냄새가 고이 밴다.

"얘, 이거 비싼 거야"라는 어머니 말에 냉큼 받아서 냉장고에 넣어둔 말린 표고버섯에선 어느새 냉장고 냄새가 난다. 냉장고 냄새란 콕 집어서 이런 거라고 딱 설명하긴 힘들지만 아마 모두들 떠오르는 냄새가 있을 것이다. 그렇지 않습니까. 냉장고 맛 커피 원두, 냉장고 맛 초콜릿, 냉장고 맛 케이크….

특히 케이크가 이렇게 되어버리면 정말 슬프다. 생크림 케이크에서 파김치 향이 날 때의 기분을 아시나요? 절망스럽습니다. 남은 케이크를 냉장고에 보관한다는 건 내일 아침에 맛있게 먹겠다는 뜻이다. 오늘 밤에 싹 다 먹을 수도 있지만, 더 큰 행복을 위해 꾹 참겠어! 그런 단단한 마음을 품고 잠자리에 들었다가 이른 아침 냉장고 문을 열어제끼고 경건한 마음으로 한 포크 푹 떠서 입에 쏙 넣었는데, 거기서 파김치 냄새가 확 퍼지면… 아오, 정말 다 때려부수고 싶다. 케이크인데, 다른 것도 아니고 케이크인데… 부들부들….

여행 중에 벼르고 별러서 산 비싼 찻잎과 와인도 수없이 날려먹었다. 요런 것들은 왠지 오래 묵힐수록 더 귀한 물건이 될 것 같지만, 실은 그런 건 아주 드물기도 하고 많이 비싸기도 하다. 세월을 견딜 수 있을 만큼 맷집이 좋은 물건이기 때문이다. 그렇게 대단한 걸 사려면 돈도 있어야 하고 잘 고르는 안목도 필요하고 적절한 보관 환경도 갖춰야 한다. 그러니 내 고만고만한 여행 경비로 살 수 있는 수준의 찻잎이나 와인 같은 건 귀국한 다음 후딱후딱 맛있게 먹는 게 최고다. 이 간단한 진리를 몇 번의 절규 끝에 깨우쳤다.

항저우에서 손을 달달 떨며 산 회심의 중국 찻잎이 어느새 젖은 골판지 맛으로 변했을 땐 소리 없이 울었고(이게 1그램에 얼마짜린데에에!) 결국 보쌈 고기 삶을 때 큰 숟갈로

듬뿍듬뿍 떠 넣으며 한숨을 쉬었다. 기념일을 맞이해 야심차게 개봉한 터키산 와인은 소리 소문 없이 포도 식초로 변해 있었다. 깨질까 봐 옷으로 둘둘 감아서 그 먼 나라에서부터 곱게 모셔왔지만, 아이고 쓸데없다. 삼겹살에 콸콸 부어서 푹 재웠다가 맛있게 구워 먹었다. 기승전고기….

먹을 것만 똥 되나, 못 먹을 것도 똥 된다. 나중에 결혼하면 쓰겠다며 그릇을 모았는가? 어여쁜 찻잔 세트가 그날을 기다리고 있는가? 한참 나중에 꺼내보니 이미 취향이 바뀌었을 확률이 꽤 높다. 이사 다니는 와중에, 집을 정리하는 와중에 쨍그랑 깨먹기도 한다.

입에서 비명이 나온다. 아악! 써보지도 못한 건데! 이럴 줄 알았으면 그냥 막 쓰고 막 굴릴걸! 쓰다가 깨먹는 건 그래도 좀 낫다. 쓰는 동안 뽕도 뽑았고, 깨졌다는 핑계로 다른 어여쁜 그릇을 살 수도 있다.

10년도 더 전에 영국 해로즈 백화점에서 화려한 종이 냅킨을 한 묶음 샀는데, 야 이게 정말 예뻤다. 하지만 사우스 코리아의 식탁에 큼직한 유럽풍 냅킨을 올리자니 왠지 아까워 나중에(대체 언제?) 집들이 건수가 생기면 폼 나게 개시하려고 어딘가에(대체 어디??) 넣어두곤 완전히 까맣게 잊었다. 그리고 헤아릴 수 없는 긴 시간이 흐른 어느 날, 구겨지고 먼지 쌓인 채로 발굴되었고 나는 회한에 젖은 눈으로 저 먼 허공을 바라보았다. 아아, 또 똥 됐어….

또 뭘 날려 먹었더라? 딱 봐도 되게 좋아 보이는, 엄청 고급스러운 향이 폴폴 풍기는 향낭 세트를 선물 받고는 이 귀한 거 잘 아껴놓겠다며 화장대 서랍 깊숙이 넣어두었다. 그리고 한참 나중에 꺼내보니 어떻게 됐겠습니까. 뻔하죠. 향이 다 날아갔죠. 요만큼 남은 향의 부스러기라도 잡겠다는 심정으로 속옷 서랍 속 팬티 사이에 쑤셔 넣으며 좌절했다.

어머니가 물려주신 비장의 까르띠에 클러치도 있다. 눈에 보이는데 놔둬야 자주 쓸 텐데, 괜히 아끼겠다고 또 옷장 속에 넣어놨더니 가죽 표면에 허연 곰팡이가 둥근 점 모양으로 끼어버렸다. 대한민국 여름철 습기가 심하긴 하지만 결국 내 잘못이다. 까르띠에가 다 뭐라고, 그래봤자 손바닥만한 가방 나부랭이인걸.

비싼 가방만 그런 게 아니다. 종이 쇼핑백도 하염없이 쟁인다. 재생지로 만들어진 얇고 잘 구겨지는 쇼핑백은 금방금방 써버리지만, 두껍고 각이 딱 잡혀 있으며 디자인도 어여쁘고 특히 비싼 브랜드 로고가 박혀 있는 건 나중을 위해 아껴둔다. 언제가 되었든 지금 쓰기엔 아깝다. 그리고 한참 나중에 꺼내 보며 생각한다. 아 맞아, 이런 브랜드가 있었지. 지금은 되게 구려졌는데(혹은 망했거나)….

아낄 물건은 아끼고, 후딱 써야 할 물건은 얼른 써야 한다. 그런데 나는 종종 그걸 정반대로 한다. 지금 제일 맛있는 음식을, 지금 제일 예쁜 물건을 굳이 미뤘다가 후회한다.

언제 올지 모를 나중으로, 내 행복을 미뤘다.

지금 확 낚아채도 지금 꽉 쥐어도 지금 꿀떡 삼켜도 되는데

말이에요.

세상에서 가장 아름다운 지랄

¶

로봇 물걸레 청소기를 샀다는 말을 부모님에게 하지 않았다. 고 귀여운 것이 빨빨거리며 마룻바닥 닦는 모습을 동영상에 담아 인스타그램에도 트위터에도 올렸지만, 10분 거리에 사는 부모님에게만은 하지 않았다. 혼자 신문물을 영접하자니 혼자만 편하자니 마음이 영 불편하지만, 괜히 이야기해봤자 좋은 소리 못 듣겠다 싶었다.

70대인 내 부모의 기준으론, 로봇 물걸레 청소기란 게을러 빠진 사람의 돈지랄이다. 그깟 마룻바닥과 방바닥쯤은 무릎 꿇고 꼼꼼히 닦으면 되고, 걸레는 찰찰 빨아 꾹꾹 짜서 탈탈 털어 널면 되기 때문이다. 해서, 1년 넘게 쏠쏠히 잘 쓰면서도 입을 꾹 다물고 있습니다. 역시 이 책은 보여드리면 안 되겠네요.

이 침묵의 불효에는 나름의 이유가 있는데, 빨래 건조기가 준 교훈이 그거다. 지난 몇 년간 마음속 위시리스트 부동의 1위인 건조기. 나는 오랫동안 브랜드별로, 용량별로, 건조 방식별로 이것저것 손꼽아 비교하며 최종 선택을 향해 달려갔다. 그래, 결심했어! 이제 결제 버튼만 누르면 돼! 그리고 부모님 집에 놀러갔다 무심코 입을 열었는데….

나: 저 빨래 건조기 사려고요. 이제 금방 장마철이네~

어머니: 네가 그게 무슨 필요가 있어? 무슨 빨랫거리가 있다고?

그러니까, 챙겨야 할 남편도 애도 없으면서 네 몸뚱이 하나만 건사하면 되면서 뭘 그렇게 쓸데없는 돈을 들여 편하게 살려는 것이냐… 라는 얘기다. 나는 그냥 입을 닫고 속으로 결심했다. 이제부턴 뭘 사더라도 소리 없이 사야겠구나. 부모 세대가 보기에 "나 때는 그런 거 없이도 잘 살았다"라는 물건이나 서비스를 구매하면 돈 아까운 줄 모르는 게으른 자식이 되는 것이다(비슷한 이유로, 내가 가끔 택시를 탄다고 하면 사치스럽다며 나무란다).

뭐 어쩌겠습니까. 건조기 얘길 꺼낸 제 주둥이를 제 손으로 준엄히 때려야죠. 그리고 조만간 소리 없이 주문해, 소리 없이 배송받아, 소리 없이 잘 쓸 것이다. 건조기도 식기 세척기도 트롬 스타일러(아휴, 이것도 너무 갖고 싶다)도 하나씩 야금야금 장만할 것이다.

그 물건들은 내 시간을 어느 정도 아껴줄 것이고, 내 수고를 어느 정도 덜어줄 것이다. 내 몸뚱이를 갈아넣는 대신 돈을 썼으니 그 시간에 나는 내 일을 할 것이다. 혹은 편히 쉬거나.

배달음식에 대해서도 비슷한 반응이 돌아온다. 부모 세대가 떠올리는 배달음식이란 기껏해야 짜장면과 짬뽕이고, 자식이 그런 걸 먹는 게 영 마음에 들지 않는다. 반찬가게를 이용하는 것도 마찬가지다.

"아니, 반찬을 왜 돈 주고 사 먹냐. 뭐가 힘들다고. 언제 날 잡아 후딱 만들어서 냉장고에 차곡차곡 넣어두면 되잖아. 뭐? 김치를 사 먹는다고? 김장이 뭐가 어려워? 나 때는 백 포기도 넘게 했는데 요즘 젊은 애들은 오십 포기도 안 하더라. 넌 혼자 사는 애가, 그냥 너 먹을 거 서너 포기만 하면 되는데 애가 게을러 갖고…"

아아, 고막이 찢어진다… 살려주세요….

요즘의 배달음식은 다르다. 나는 새벽배송으로 다양한 완조리와 반조리 음식, 가공식품, 과일과 채소와 우유와 요거

트와 아이스크림과 빵과 버터와 잼과 치즈를 배달받는다. 연어회와 광어회, 잡채, 겉절이, 다양한 샐러드, 무말랭이무침, 미역국과 청국장도. 유명한 가게에서 만든 마카롱과 에클레어, 밀푀유와 치즈케이크, 원두커피 드립백도 그 이른 새벽에 문 앞에 딱 도착한다.

내가 게으른 것일까? 아니, 너무 바쁘다. 장볼 시간도 부족하고, 손질하고 정리하고 요리하고 치울 시간은 더더욱 없다. 그리고 내가 만든 음식 맛을 내가 너무 잘 알기 때문에 이미 질려버렸다. 어차피 갖고 있는 조미료란 게 뻔하니, 이리 조합하고 저리 조합해봤자 맛은 거기서 거기다. 모르는 맛을 먹고 싶다. 남이 해주는 게 최고다.

집 겸 사무실에서 일할 때는 사흘에 한 번꼴로 이마트에 가서 장을 보았고, 하루 두 끼는 직접 요리해 먹었다. 부지런해서가 아니라 어쩔 수 없어서 그랬다. 내가 사는 용인 어드메의 대형 아파트 단지 주변엔 1인 가구가 무난하게 사 먹을 만한 식당이 참 없다. 거실 소파에 앉아 배달 앱을 켜면 한숨이 나온다. 족발이나 보쌈 말고, 치킨이나 짜장면 말고, 산뜻한 메뉴가 어쩜 이렇게 없냐! 그래서 바람도 쐴 겸 장을 보러 갔고, 사온 것을 지지고 볶아서 먹었다. 언제나 그 맛, 내가 아는 맛이 났다.

2018년 여름 성수동에 일터를 마련해 출퇴근하기 시작하면서부터는 분위기가 급반전되었다. 배달 앱을 켜는 순간, 캬- 화려하다! 직장인이 워낙 많은 동네인 데다 근처에 건대와 한양대도 있어 대학가의 인프라까지 누릴 수 있다. 맛있고 다양하고 저렴하다. 확확 바뀌는 음식 트렌드도 금방 알 수 있다. 밥 사 먹을 맛이 난다.

그놈의 집밥! 집밥을 만들어야 부지런한 것이고, 집밥을 먹어야 건강하다는 것은 판타지다. 나는 김치가 건강식이라서 먹는 게 아니다. 유산균이 몇 억 마리네, 발효식품의 신비가 어쩌네 하는 이야기도 별 관심 없다. 김치를 먹을 때마다 내 몸에서 슈퍼파워가 불끈불끈 솟아나올 리 없다. 그냥, 맛있어서 먹는다.

사실 이런 이야기는 책으로 쓸 게 아니라 내 어머니를 붙잡고 목놓아 부르짖고 싶다. 한국사람, 쌀밥에 김치 안 먹어도 안 죽는다고요…. 샐러드 사 먹는 게 무슨 큰 죄를 짓는 게 아니라고요오….

어쩌겠습니까, 상식과 가치관은 사람마다 다른 것을. 나는 그저 누군가가 나의 소비 우선순위를 이해하지 못하겠더라도 그냥 입 다물고 있기를 바랄 뿐이다. 자기 마음에 들지 않는다고 해서 돈지랄이란 소릴 할 필요는 없지 않으냐는 것이다.

아니, 그리고 돈지랄이 어때서요. 세상에서 가장 아름다운 지랄이 돈지랄인데요.

대용량의 지옥

¶

부모님 집에 다 같이 살 때는 두루마리 휴지가 금방 동났다. 부모님 두 분, 언니, 나, 남동생까지 5인 가족이라 30개들이 한 묶음을 사면 안방과 거실, 두 화장실에서 돌돌돌돌 순식 간에 써버렸다.

그땐 내가 직접 휴지를 산 적이 없는데… 잠깐, 그러고 보니 정말이네. 누가 샀을까? 아마도 부모님이 매번 사다 날랐을 것이다. 휴지만 그런 게 아니라 일상이 제대로 돌아가게 해주는 온갖 물건 대부분이 그랬다. 그런 수고는, 독립하고서야 감사하고 귀한 줄 알았다.

근데 어떤 휴지였더라? 질도 좋고 가격도 싸면 딱이겠지만 그런 건 세상에 존재하지 않으니 아마 제일 저렴한 축에 드는, 사은품으로 휴지 두어 통을 끼워주는 거로 골랐을 것이다. 어느 날은 휴지의 향이 너무 강했고, 또 어느 날은 재질이 거칠고 얇았다. 그때마다 "아, 저번에 썼던 그게 좋았는데"라고 투덜거렸다. 그래도 뭐, 다섯 명이서 쓰면 여차여차 금방 쓴다.

대학을 졸업하고 1~2년쯤 어영부영 방황하다 마음을 다잡고 일을 시작하면서 사무실을 마련했다. 집에서 멀지 않은 분당 서현역 쪽에 오피스텔을 구했는데, 책상이랑 의자만으로 꽉 차는 곳이라 부모님 집에 계속 살면서 출퇴근했다.

그래도 점심 정도는 해먹어야 하니 일단 집에 있는 그릇이랑 컵 몇 개, 프라이팬이랑 수저 같은 걸 챙겼다. 또 뭐가 필요하지? 맞다, 휴지. 저 휴지도 좀 가져갈게요. 두루마리 너덧 개, 어차피 금방 쓰겠지 했는데 혼자라 그런지 생각보다 꽤 오래 썼다. 아 그렇구나, 항문 다섯 개가 한 개로 확 줄어들으니 차이도 확 나는구나. 마지막 두루마리를 개시했을 무렵, 나는 인터넷 쇼핑몰에서 마법의 문구를 보고야 말았다.

'초특가 휴지 1+1'.

뭐라고요? 무려 30롤짜리를 하나 사면 한 묶음을 더 준다고요? 그러면 합해서 60롤이네! 이건 진짜 안 살 수가 없네. 게다가 무료배송이야! 그렇습니다… 저의 피를 끓게 하는 두 개의 단어… '1+1' 그리고 '무료배송'.

그래서 그 60롤이 어땠는가 하면, 일단 한숨 한번 쉬고(하아…) 이게 굉장히 한심했다. 긴말 필요 없이, 후졌다. 두 겹이긴 한데 너무 얇고, 대체 뭐로 만든 건지 먼지가 장난 아니게 풀풀 날렸다.

어떤 휴지든 휴지걸이에 끼워서 돌돌 돌려가며 쓰다 보면 조금씩 가루가 날리기 마련인데, 그전에 쓰던 게 초코케이크 위에 솔솔 뿌린 슈가파우더 수준이었다면 이 휴지는 고비사막 생성기다. 그리고 얇고 거칠어 자꾸 뚫.린.다. 그러니까, 항문을 좀 꼼꼼히 닦으려고 할 때마다 손가락이 휴지를 쑥 뚫고 나가버리는 일이 자꾸 생긴다는 이야기입니다…(멀리 바라보는 눈).

그 1+1을 다 쓸 때까지 나는 행복하지 않았다. 진심으로 불행했고 우울했다. 야, 내가 이렇게 열심히 사는데 이따위 물건을 써야겠니, 나를 너무 홀대하는 거 아니니, 라는 생각이 매순간 들었다. 그깟 두루마리 휴지가 뭐라고 사람 마음을 들었다 놨다 한다.

오랜 시간(정말로)을 들여 겨우겨우 어렵게 다 써갈 무렵, 이마트로 장을 보러 가서 제일 비싼 휴지가 어떤 건지 찾아보았다. 가격표에 쓰인 미터당 가격 표시를 꼼꼼히 살펴보다 가장 단가가 센 걸로 골랐다. 크리넥스의 무슨무슨 프리미엄 3겹 티슈라는 것인데, 요런 건 사은품도 끼워주지 않는다.

사무실에 돌아와 그 귀한 휴지를 화장실 수납장에 착착 정리해넣었다. 딱 봐도 도톰하고 부드럽고 쫀득하다. 과감히 한 롤 꺼내 개시하니, 좋다. 정말 좋다. 항문아… 그동안 내가 미안했어….

사실은 이미 그놈의 대용량에 충분히 데였는데도 그런 거였다. 부모님 집 근처에 이마트 트레이더스가 생겼을 때, 부모님도 나도 어찌나 설렜는지 틈만 나면 장을 보러 갔다. 독자 여러분도 이마트 트레이더스나 코스트코 같은 창고형 할인매장에 가보셨나요? 아시다시피 거긴 뭐 하나를 사려고 하면 으레 박스채로 사야 하는 곳인데, 1그램 혹은 1개당 단가를 따져보면 꽤 저렴하긴 합니다.

하지만 박스라니, 다 쓰거나 먹기 전에 금방 질리는 게 문제다. 과자도 빵도 케첩도 초고추장도 파스타와 쌀국수도 너무 대용량이다.

그뿐인가, 홈쇼핑의 대용량 상품에도 질릴 대로 질렸다. 요즘은 쑥 들어갔지만 한방 샴푸가 엄청나게 인기일 때가 있었다. 홈쇼핑 채널만 틀면 쇼핑 호스트들이 목놓아 한방 샴푸를 팔던 시절이었다. 놀라운 구성! 다시 없을 구성! 마지막 찬스! 그러나 마지막이라면서도 수시로 앵콜 판매를 하던 그분들….

어느 날 어머니가 문제의 대용량 세트를 주문했고, 어마어마하게 크고 무거운 택배 상자가 집 앞에 도착했다. 1리터들이 샴푸가, 세상에, 이게 몇 통이야. 특유의 한의원 냄새를 풀풀 풍기는 걸쭉한 갈색의 샴푸는 어째 써도 써도 줄지 않았다. 그러잖아도 짧은 커트 머리라 샴푸도 적게 쓰는데 미치겠네! 한 통을 겨우 다 쓰면 그다음 통이 차례로 기다리고 있었다.

다 쓸 때까지 대체 얼마나 오래 걸렸는지 생각도 나지 않는다. 이 글을 쓰면서 곰곰 생각했는데, 몇 년이나 걸렸더라? 정말 모르겠다. 그러는 동안 거실과 안방 화장실에선 내내 한의원 냄새가 났다.

52957년쯤 지나 그 지긋지긋한 대용량 세트가 바닥난 날, 나는 뒤도 돌아보지 않고 올리브영으로 갔다. 마트는 안 된다. 마트에서 파는 샴푸는 1리터가 기본인데, 이젠 그렇게 큰 건 질색이다. 그리하여 올리브영의 헤어 제품 코너 앞에 하염없이 서서 온갖 샴푸 냄새를 실컷 맡으며 구경한 후 가장 용량이 적고, 패키지가 아주 화려하고, 냄새도 화사한 걸로 한 병 샀다. 예전의 나였다면 이걸 누구 코에 붙이냐고 했겠지… 그치만 오늘의 난 달라….

하여튼, 예전엔 그랬답니다. 1+1에 괜히 혹하던 때가 있었죠, 라고 새침하게 키보드를 두드리려니 역시 찔린다. 나는 여전하다. 당장 어제만 해도 편의점에서 탄산수 2+1 행사

를 한다길래 한 병만 사려던 걸 결국 여섯 병을 끌어안고 나

왔다. 그래도 예전보단, 정말로 덜 혹한다고요. 진짜로.

시간을 아끼고 돈을 쓴다

¶

부모님 집에 살 적엔 으레 함께 아침을 먹었다. 내가 한 건
아니고 차려주시는 걸 날름 받아먹었다. 그러곤 사무실로
쓰는 작은 오피스텔로 출근해 일했고, 점심때가 되면 혼자
서 뭔가를 만들어 먹었다.

보통은 샐러드나 샌드위치같이 불을 쓰지 않아도 되는 음
식이었는데, 주거형 오피스텔이라곤 하지만 부엌 공간이
아주 작고 환기 창도 없어 본격적으로 지지고 볶기 어려웠

다. 달걀만 해도, 삶는 거면 괜찮지만 기름 두르고 프라이를 하면 벌써 냄새랑 연기가 꽉 찬다. 그릇이랑 조리도구를 넣어둘 수납공간도 부실하다. 꽉 채운 10년 동안 그 오피스텔에서 일했다. 내내 아쉬웠다. 내 속에 요리에 대한 열정이 있는데, 여건만 되면 완전 날아다닐 수 있는데….

아파트를 장만해 독립하고 집 겸 사무실로 쓰기 시작하니 갑자기 공간이 한도 끝도 없이 넓게 느껴졌다. 온 집 안 붙박이장에 몽땅 내 옷을 넣을 수 있고, 화장실 두 개도 모두 내 차지다. 그렇다고 해서 거실 변기엔 소변만 보고, 안방 변기엔 대변만 본다든가 하진 않지만 어쨌든 이 집을 내 마음대로 쓸 수 있다는 사실만으로 두근두근.

무엇보다 그동안 답답하고 아쉽던 부엌이 몇 배로 넓어진 게 너무 좋았다. 생선을 굽든, 삼겹살을 굽든, 이젠 뭐든지 싹 다 구워 먹을 수 있다. 기름도 튀고 연기도 풀풀 나겠지만 창문을 열면 금방 냄새가 빠져나간다.

오며 가며 부엌살림을 야금야금 사 모았다. 사람이 한 명이니 입도 하나인데, 그릇이랑 수저, 포크랑 나이프만 보면 그렇게 욕심이 났다. 아침 점심 저녁을 다 만들기 시작했다. 인터넷 즐겨찾기엔 참고할 만한 요리 블로그를 수십 곳 저장했고, 1년에 한두 번 쓸까 말까 한 신비한 향신료도 보이는 족족 샀다.

여행을 갈 때마다 그 동네 마트의 양념 코너를 싹 쓸었다. 모로코인의 영혼이 담겼다는 향신료 믹스라든가, 라면 수프랑 아주 비슷한 향이 나는 불가리아의 국민 양념 같은 것들. 한국에 돌아가기만 하면 요걸로 이것도 해먹고 저것도 해먹을 거라며 의욕을 불태웠지만, 희한하게도 귀국하고 나면 그런 게 있었는지조차 싹 잊어버렸다.

하여튼 한동안은 재밌었다. 워낙 먹는 걸 좋아하고 먹고 싶은 것도 많다. 무엇보다 매번 새로 요리하는 게 좋았다. 매일, 아니 매끼 다른 걸 먹고 싶었다.

여기엔 나름의 사연이 있는데, 70년대 중반에 태어난 둘째 딸의 위치는 애매해서 원하는 메뉴를 강력히 주장하기도 어렵고, 말해도 잘 들어주지 않는다. 아들이라면 몰라도 딸의 입맛은 우선순위에서 한참 뒤로 밀려난다. 식탁엔 아버지가 싫어하는 건 절대 올라오지 않는데, 30년 넘게 집에서 카레를 끓이지 못했을 정도다.

그러니 독립하면서 드디어 내가 먹고 싶은 것만 만들겠다며 신이 난 거다. 이틀에 한 번꼴로 마을버스를 타고 이마트에 갔고, 다음 날 먹을 만큼만 아주 조금씩 재료를 샀다. 모든 게 재미있는 놀이 같았다. 그렇게 어느새 2년쯤 흘렀고, 여러분, 저는 그제야 알아버린 거죠. 제가 똥손이라는 걸⋯. 겸손하려는 게 아니라 정말로 진지하게 그렇다.

나는 음식을 만드는 일에 소질이 없다. 먹는 것을 좋아하니 머릿속에 주재료와 양념에 대한 이런저런 그림들이 있고, 안 해서 그렇지 일단 발동 걸리면 아주 잘할 거라고 생각했는데 전혀 아니었다.

세상에는 노력으로 많은 부분을 커버할 수 있는 분야도 있지만, 요리엔 재능과 감이 무척 많이 필요하다. 나에겐 그런 게 없다. 분명 레시피를 프린트까지 해서 옆에 놓아두었는데도 거짓말처럼, 농담처럼 망쳐버린다. 어? 내가 지금 왜 이러지? 어어? 하면서 엉뚱한 양념을 주르륵 부어 사방에다 튀기면서 섞는다. 그러곤 그 망친 음식을 버리지도 못하고 꾸역꾸역 먹으면서 불행해한다.

대부분의 불을 쓰는 요리에서 이런 문제가 생겼다. 그나마 괜찮다 싶은 게 샐러드와 샌드위치 같은 건데, 채소를 성실히 씻고 물기를 잘 뺀 다음, 삶은 달걀(이것도 쉽지 않아 달걀 삶는 전용기기를 사용한다)과 치즈 같은 걸 적당히 넣고, 마트에서 산 드레싱을 끼얹으면 그럴듯한 샐러드가 된다. 그걸 빵에 끼우면 샌드위치인 거고. 오피스텔의 좁은 부엌에선 이런 걸 해먹으며, 내 안에 요리의 신이 깃들어 계시니 얼른 깨워드려야 한다고 크게 착각했던 것이다.

그 무렵 tvN〈집밥 백선생〉의 인기가 굉장했는데, 은혜로운 백종원 선생님께선 아무리 똥손이라도 나를 따라 하면 맛있는 집밥을 만들 수 있다며 자애롭게 웃으셨다. 몇 가지를 시도해봤고, 맛있었다. 하지만 그때쯤엔 이미 요리를 한다는 것 자체가 지겨워진 상태였다.

뭘 만들어도 '내가 만든 맛'이 났다. 갖고 있는 양념도 거기서 거기, 할 줄 아는 몸부림도 거기서 거기라 맛도 거기서 거기였다. 만들기 전부터 이건 무슨 맛일 거라 예상할 수 있고, 끓이거나 굽거나 지지고 볶는 사이 냄새에 질려 입맛이 달아난다. 정말이지 힘 빠지고 맥 빠진다.

식사가 즐겁지 않았지만, 그래서 오히려 더 많이 먹었다. 남겨봤자 결국 내가 먹어야 하니 그냥 따뜻할 때 지금 빨리 먹어버리자고 생각했다. 애써 사온 재료가 상하기라도 하면 그만큼 내가 실패한 것 같았다. 텔레비전 앞에서 혼자 우적 우적 먹고, 부엌을 치우고, 다시 컴퓨터 앞에 앉아 일하고의 반복. 내가 사는 아파트 단지는 그때만 해도 갓 조성된 거라 식당도 카페도 변변한 곳이 없어 외식도 하지 못했다.

이 몇 년 사이, 나는 좀 우울했던 것 같다. '그랬던 것 같다' 고 애매하게 쓰는 이유는, 기억이 또렷하지 않고 두루뭉술 해서다. 마음과 몸이 많이 둔했고 살이 많이 쪘다. 온종일 잠옷 차림이었고 내가 너무 못생겼다고 생각했다. 그 와중 에도 마감 하나는 성실히 지켰다. 그저 맛없는 음식을 잔뜩 만들어 꾸역꾸역 먹으면서 일했다. 영원히 이 집에서 나가 지 못할지도 모른다는 생각도 자주 했다.

지금은 성수동으로 거의 매일 출근한다. 20년 된 장롱면허 를 드디어 꺼내 용인과 성수동을 열심히 왕복한다. 어느 순 간, 더는 안 되겠다는 위기의식이 뒤통수를 제대로 후려쳤 던 것이다. 이렇게는 살 수 없어! 나는 창작하는 사람이야. 요즘 뭐가 제일 재밌는지 실시간으로 보고 듣고 씹고 삼키고 웃고 떠들고 감탄하고 불평하고 싶어! 그동안 충분히 고여 있었으니 이제 다시 콸콸 흐를 때가 됐어!

그래서 가장 핫하고 힙하다는 성수동에 일할 공간을 구했고, 오고 가며 많은 걸 보고 느낀다. 오래된 공장이 하나둘 전혀 다른 공간으로 바뀌는 것도 숱하게 보았고, 블루보틀 카페 오픈 날 아침 길게 줄 선 사람들도 구경했다.

어느새 성수동 2년 차다. 힙이라는 게 뭔지 아직도 잘 모르겠지만 나는 이 동네가 참 좋다. 성수역과 뚝섬역 주변엔 새롭고 괴이한 일들이 끊임없이 일어난다. 크고 작은 전시가 열리고, 다양한 브랜드가 나타났다 사라진다. 조금만 걸어가면 건대입구역인데, 대학가답게 트렌디하고 물가는 저렴하다. 근처엔 차이나타운이 있어 양꼬치와 마라샹궈를 사먹기도 좋다.

그렇다. 나는 요즘 외식을 한다. 지난 몇 년 동안 하고 싶어도 할 만한 곳이 없어 마음을 접어야 했던 그놈의 외식을 매일 하고 있다고! 앗싸! 그렇다고 해서 매번 근사한 걸 먹는 건 아니고, 보통은 뷔페식 구내식당에 간다. 성수동에만 무려 아홉 군데의 지점이 있는 식당인데 내가 일하는 건물에도 입점했다. 식당 블로그엔 매일의 메뉴가 올라오는데, 어디 보자… 오늘은 사천식 고기볶음, 야끼만두, 맛살 계란찜, 황태채 야채 무침, 미역 줄기 볶음, 시금치 된장국, 포기김치, 잡곡밥이다.

자기 손으로 지겹게 끼니를 챙겨본 사람은 알 것이다. 남이 해주는 음식은 뭐든지 그저 다 좋다는 것을. 메뉴를 고민하지 않아도 되고, 장을 보지 않아도 되고, 재료를 다듬지 않아도 되고, 불 앞에서 지지고 볶지 않아도 되고, 설거지를 하지 않아도 된다. 그런데 무려 8첩 반상을, 반찬도 매일 바뀌는데 딸랑 6천 원밖에 안 해… 심지어 맛까지 좋아… 식당 사장님 보고 계신가요, 사랑합니다….

마지막으로 언제 마트에 가서 장을 봤는지 기억도 잘 나지 않는다. 그전엔 양파와 대파, 마늘 같은 건 사자마자 다듬고 채 썰어 냉동실에 쟁여두기 바빴다. 한 번에 다 먹을 수 없으니 상하기 전에 미리 손질해두는 것이다.

요즘은 일하는 사이사이, 마켓컬리나 쿠팡에 들어가 소포장된 과일이나 완제품 샐러드, 빵 같은 걸 주문한다. 다음 날 일찍 용인에서 새벽배송을 받아 아침으로 맛있게 먹고 성수동으로 출근한다.

새벽배송 음식은 비싸다. 내가 직접 마트에 가서 가격을 비교해가며 장을 봐다가 만드는 것보다 비싸다. 한동안 죄책감이 들었다. 내가 내 살림을 제대로 돌보지 않는 걸까? 나는 게으른 사람인 걸까? 하던 대로 직접 요리하는 게 나을까?

글쎄요. 돈은 절약할 수 있겠죠. 하지만 시간을 쓰고, 머리를 쓰고, 몸을 써야 한다. 나는 그걸 이제 그만하고 싶다. 스스로 질문을 던지면 답이 나온다.

Q: 나는 뭘 하는 사람이지?

A: 일을 좋아하고, 일을 잘하고, 더 잘하고 싶은 사람.

그렇다면 원하는 걸 성취하기 위해 다른 부분엔 좀 관대해

져도 되겠네요. 앞으로도 맛있게 사 먹겠습니다.

소비의 우선순위

나이를 먹을수록 필요한 건 늘어나고

결국은, 우선순위

¶

갖고 싶은 걸 몽땅 다 가질 수는 없다. 만약 그럴 수 있다면 어떨까? 좋을까? 막상 그렇지도 않을까? 그래본 적이 없으니 상상하기도 어렵다.

보통은 지금 있는 돈과 곧 나갈 돈, 조만간 들어올 돈이랑 머리를 맞대고 잘 상의해보고 어렵게 하나를 골라 산다. 대부분 '최고'의 것이 아니라 '최선'의 것이다. 뭐, 그렇다고 해서 서럽거나 하진 않고요.

정말로 갖고 싶은 자동차가 따로 있긴 하지만 아휴, 연비가 한 자릿수에다 고장이라도 나면 수리비만 수억 씩 들겠던 데 그걸 어떻게 사… 사람이 갖고 싶은 거 다 가지면서 어떻 게 살아… 결핍도 느끼고 그래야 으른이 되는 거지(눈물을 닦는다)….

우선순위의 문제다. 이건 이래서, 저건 저래서 뒤로 밀린다. 당장 없다고 죽거나 하진 않으니 나중으로 미룬다.

그렇다면 우선순위의 앞쪽엔 어떤 것이 있느냐. 아무래도 일할 때 쓰는 물건의 비중이 높다. 일을 해야 돈을 벌고, 돈 을 벌어야 먹고사니, 소비인 동시에 투자다. 투자할 때는 팍 팍 쓴다.

노트북은 성능이 중요한 만큼 무게도 중요한데, 요만큼이 라도 가벼워야 들고 다니기 좋다. 최근엔 LG 그램을 잘 쓰 고 있는데 누군가 아는 척하며 말했다. 그 제품은 가벼운 대 신 어디가 별로고, 뭐가 부족하고, 어쩌고저쩌고…. 아 그렇습니까, (물어본 적도 없지만) 잘 알겠습니다. 그런데 저한 테는 무게가 아주 중요하답니다. 무겁고 두꺼운 노트북을 짊어지고 돌아다니다 보면 명치가 콱 막히고 쌔가 쑥 빠지는 기분이 든다. 카페든 어디든 도착해 노트북을 펴기도 전에 도로 집에 가고 싶어진다.

글을 많이 쓰니 노트북 키보드와 터치패드를 사용하는 대신, 별도의 무선 키보드와 마우스를 사용한다. 크기와 무게, 손목의 각도를 고려해 좋은 걸로 고른다. 사진과 동영상 촬영을 많이 하니 가장 최신의, 가장 대용량의 스마트폰을 사는데, 새로운 기종이 나오면 약정 기간이 남아 있는데도 막 근질근질하다. 요런 전자제품은 예산이 허락하는 한, 욕심껏 제일 좋은(비싼) 걸 사는 편이다.

이런 데 쓰는 돈은 아깝지 않다. 돈이야 언제나 간당간당하게 아쉽지만 우선순위를 따져서 다른 소비를 줄이고 요런데선 팍팍 쓴다. 물론, 팍팍이라고 해도 주관적인 거라 누군가에겐 껌값, 누군가에겐 거금이겠죠.

카툰 작업을 많이 하던 시기엔 와콤 태블릿의 가장 고급 모델을 썼다. 하지만 마지막으로 태블릿을 산 건 아주 오래전이라 요즘 나오는 물건과는 하늘과 땅 차이다. 액정 태블릿인 신티크는 써본 경험이 없다. 일에서 카툰의 비중이 많이 줄어들어서 더는 새것을 살 필요가 없어졌다. 그렇다고 해서, 나 때는 신티크 같은 거 없이도 일 잘했다는 소리를 하진 않는다. 만약 지금 카툰 작업을 예전처럼 많이 하게 된다면 아마 당장 신티크부터 장만할 것이다. 물론 최신 모델로. 일을 조금이라도 더 편하고 효율적으로 할 수 있게 해주는 물건이라면, 아이고 어서 제 돈 가져가십쇼.

몇 달 전에는 퍼플 방석이라는 신묘한 물건을 영접했는데, 오래 앉아 있는 사람의 엉덩이와 허리에 좋다는 얘기를 들었다. 거의 온종일 사무실이나 카페 의자에 앉아 있으니 냉큼 주문했는데, 큼직하고 두껍고 아주 무겁다. 아니 뭐 이렇게 무거워? 재질도 특이하다. 젤리처럼 쫄깃하고 질기다. 출렁거리는 게 느낌이 되게 희한하다. 앉자마자 귓가에서 천사의 나팔소리가 울려 퍼지는 일은 생기지 않지만, 쓰다가 안 쓰면 티가 확 난다. 방석 주제에 10만 원이 넘다니 미쳤나 봐, 중얼중얼 욕하다가도 그냥 맨 의자에 앉으면 느낌이 확 다르다. 없어도 사는 데 크게 지장 없지만 한번 맛을 보니 계속 쓰고 싶다. 제조사에선 이 쫄깃한 소재로 침대 매트리스까지 만든다던데, 끔찍하게 무겁겠지만 무척 갖고 싶다.

업무에 도움되는 꿀템, 또 뭐가 있더라? 2년 전부터 쓰기 시작한 루스트 랩탑 스탠드도 아주 끝내준다. 노트북 받침대인데 무척 가볍고 튼튼하고 3단계로 높이 조절도 할 수 있다. 디자인도 근사하다. 착착 접으면 부피도 꽤 작아져서 들고 다니기도 부담 없다. 가격은, 노트북 올려놓는 것 말고는 할 줄 아는 게 없는 주제에 비싸다. 하지만 한번 써보면, 야

이거 물건이다. 이것의 소중함을 느껴버린 자(바로 나)에게 충분히 지불할 만한 금액이다. 노트북이든 PC든 모니터는 살짝 올려다보는 게 목과 어깨 건강에 좋으니, 도움이 된다면 그 정도는 쓸 수 있다. 괜히 몇만 원 아꼈다가 병원비가 수십 배는 더 나올 테니까.

하여간 뭐 그렇다. 내 우선순위 1, 2, 3번은 누군가에겐 돈지랄일 수 있고 실제로 그런 무례한 소리를 대놓고 하는 사람도 있다.

당신은 무엇을 좋아하는가? 분명 당신에게도 당신만의 소비 형태가 있을 것이다. 매일같이 요리한다면 좀 더 괜찮은 조리도구를 원할 것이고, 자전거를 자주 탄다면 더 가볍고 튼튼한 소재의 자전거를 원하겠죠. 그런 겁니다.

그리고 우선순위는 영원하지 않다. 오늘의 나에겐 무엇이 가장 중요한지, 어디에 투자해야 하는지, 무엇을 할 때 가장 가슴 떨리고 행복한지 주기적으로 업데이트할 필요가 있다.

트위터의 누군가 이런 말을 했다. 키보드나 마우스, 책상, 의자 같은 물건은 21세기 문방사우라고. 그러니 누가 뭐라든 간에 내 취향을 가득 담은, 내 마음에 드는 걸로 골라서 즐겁게 쓰자고. 무릎을 탁 쳤다. 현자이십니다.

작은 적금을 위한 시

¶

오래 만난 애인이 있다. 매년 생일 선물을 주고받는데, 원하는 게 있는지 물어보고 딱 그걸 선물한다. 처음 몇 년간은 내가 알아서 준비했는데 어째 반응이 영 좋지 못했다. 뭘 받고 싶으냐고 물으면 필요한 게 없다거나, 잘 모르겠다거나, 알아서 주면 좋겠다는 식이라 정말로 내가 알아서 내 마음대로 준비했다.

그런데 생일 당일, 선물을 받은 애인의 표정이 애매하다. 이

마에 LED 전광판이 켜진다. 아, 나 이런 거 안 좋아하는데 하는 메시지가 번쩍번쩍.

한 번은 공방에서 한땀 한땀 바느질해 만든다는 근사한 가죽 가방에 이니셜까지 박아서 선물했는데, 딱 한 번 들고 나가더니 각지고 무거워 불편하다며 옷장에 얌전히 넣어두곤 5년 넘게 한 번도 꺼내지 않았다. 선물을 고를 때만 해도 이 사람이 에코백을 그렇게까지 사랑하는 줄 미처 몰랐다. 내일모레 오십 되는 중년 남성이라 각진 정장 가방 하나 있으면 잘 쓰겠지 했는데 헛다리였지 뭐겠습니까.

애초에 원하는 걸 콕 집어 말해주면 얼마나 편하겠는가. 그러나 이 작자는 지난 10년간 단 한 번도 그러지 않았고, 나는 이게 아주 짜증 나는 것이다. 보통은 생일 두어 달 전부터 졸졸 쫓아다니며 뭐가 좋으냐고, 필요한 거 없냐고, 그럼 헬스 PT라도 끊어줄까, 라고 70번은 물어보는데 속 시원하게 대답한 적이 없다. 생각할수록 열 받네 진짜….

지난 생일에도 다르지 않아 결국 백화점에 끌고 가(같이 가는 거랑은 다르다. 정말로 끌고 갔다) 몇 시간 동안 전 층을 샅샅이 훑으며 마음에 드는 걸 제발 말해달라고 부르짖었다. 그리하여 그는 매우 신중하게 빨간 체크무늬의 겨울 아우터를 골랐고, 나는 혹시라도 마음이 바뀔까 두려운 나머지 매장 직원보다 더 열정적으로 잘 어울린다고 칭찬하며 잽싸게 카드를 꺼내 결제했다. 아… 너 이 자식 진짜….

그래서 이 몸은 속 시원하게 대놓고 지목한다. 난 저게 갖고 싶구나, 냉큼 대령하렴. 물론 정말로 진짜로 갖고 싶은 걸 다 말하는 건 아니고 서로 암묵적으로 정해둔 예산 내에서 고른다. 예산은 50만 원 내외인데, 두 사람 다 내일모레 오십이라 그런 건 아니고 매일 1,500원씩 1년 365일 꼬박 모으면 547,500원이라서다. 이건 또 무슨 소리인지 지금부터 설명해드리겠습니다.

나는 적금을 아주 좋아하는데, 요즘은 주로 카카오뱅크의

금융상품을 이용한다. 적금 계좌만 벌써 12개다. 콕 집어 카카오뱅크인 이유는 ① 캐릭터가 귀엽고, ② 앱 UI 디자인이 좋고, ③ 로그인과 계좌이체를 편하게 할 수 있어서다. 대부분의 은행 앱은 못생겼고, 메뉴가 너무 많아 어디에 어떤 기능이 붙어 있는지 찾기 어렵고, 매번 공인인증서와 비밀번호와 OTP 등등 입력해야 할 게 많다. 그런데 2017년 카카오뱅크가 런칭하면서 이 분위기를 확 바꿔놓으니 최근엔 다른 은행들도 발등에 불이 떨어졌는지 헉헉거리며 뒤따르는 분위기다. 그들의 앱도 좀 더 심플해졌고 가벼워졌다. 좋아, 이런 변화.

적금 이야길 조금 더 하자면, 어떤 건 매달 10만 원씩 붓고 어떤 건 매주 월요일마다 2만 원씩 붓는다. 애인 생일 선물용으론, 앞에서 얘기했듯 매일 1,500원씩 붓는 거고. 적금마다 이름도 붙였다. '발리에서 서핑 배우기'라든가 '마추 픽추 가고 말거야', '두근두근 베니스 비엔날레' 같은 건 여행 경비 마련용 적금이다. 자동차 보험료용, 세금 납부용 적금도 있다.

어차피 나갈 돈이면 미리 준비해야 덜 헉헉거리게 되니 차곡차곡 쌓아둔다. 내 통장잔고 내에서 이 계좌 저 계좌로 숙숙 이동하는 거라 가진 돈의 총합은 똑같지만, 적금으로 묶어 놓으면 평소에 야금야금 써버리는 걸 막을 수 있어서 좋다. 여러분, 제가 이렇게 훌륭한 사람입니다. 애인아 봤냐? 내가 네 생일 축하해주려고 365일간 매일 1,500원씩 모았다고!

하여튼, 나는 갖고 싶은 게 워낙 많은 사람이기 때문에 길고 긴 위시리스트를 쭉 훑어보다 올해는 이거다, 하며 하나를 콕 집어 알려준다. 최근에 받은 생일 선물은 다이슨 헤어드라이어다. 심플하고 근사한 망치처럼 생겼고, 드라이어 주제에 참 비싸다. 선물이란 역시, 갖고 싶긴 하지만 내 돈 주고는 사기 어려운 걸 받았을 때 정말이지 기분이 좋다.

사진을 찍어 흐뭇하게 SNS에 올려 자랑하니 다음 날 친구가 카톡을 보냈다.

친구: 예희 씨, 그거 어때요? 괜찮아요?

나: 너무 좋아요.

친구: 오, 그래요? 성능이 많이 달라요?

나: 그건 모르겠고… 기분이 너무 좋아요.

아니 솔직히, 인간적으로 드라이어가 거기서 거기 아닙니까. 이런 소리를 하면 다이슨에서 암살자를 파견할지도 모르겠지만 스마트폰 액정이 반으로 접히는 시대에 어지간한 헤어드라이어는 다 쓸 만하다. 차이가 나봤자 좀 더 크거나 작거나, 좀 더 가볍거나 무겁거나 하는 정도겠지. 이 50만 원짜리 물건의 성능이 제조사의 주장만큼 훌륭할 수도 있겠지만, 정작 사용자인 나는 그걸 느낄 만큼 예민하지 않아

역시나 잘 모르겠다.

다이슨 제품을 갖고 싶은 건, 생긴 게 마음에 들어서고 있어 보여서다. 헤어드라이어는 매일 아침 꼭꼭 쓰는 물건이고, 덕분에 요즘 하루에 한 번은 기분이 좋다. 내 기분을 좋게 해주는 물건이 있어서 다행이다. 뭘 가져도 그렇지 못하면 그거야말로 진짜 문제 아닐까?

그런 마음으로 발뮤다 전기 주전자를 샀다. 몇 년 동안 잘 써온 멀쩡한 전기 주전자가 있지만 나는 그냥 이게 갖고 싶었다. 이유는, 예쁘니까. 인터넷 쇼핑몰의 상품 설명을 읽어보니 손잡이의 생김새와 크기, 물 주둥이의 길이와 각도 모두 인체공학적으로 심혈을 기울여 만든 거라는데, 정말 죄송하지만 거기까진 잘 모르겠고요. 그냥 예쁩니다.

15만 원이나 주고 주전자를 산 덕분에 이젠 조금 더 기분 좋게 커피를 드립해 좋아하는 잔에 담고 사진을 찍는다. 예전에 쓰던 주전자라면 사진에 나오지 않도록 멀리 치울 텐데 발뮤다 전기 주전자는 함께 찍는다. 하하하! 내가 이러려고 질렀다고!

워낙 인기 있는 가전제품이라 카피도 많다. 그런 건 가격도 훨씬 싸다. 실은 조금 고민하기도 했는데, 내가 나를 알기 때문에 관뒀다. 복제품을 사용하는 내내 계속 정품 생각을 할 테니까. 저렴이는 저렴해서 내 성에 차지도 않고 내 기분도 좋게 해주지 못한다.

예쁘다는 이유로 사고 싶은 물건들, 누군가는 이런 것을 두고 '예쁜 쓰레기'라는 표현을 쓰던데, 그보다는 더 좋은 대우를 해줘야 하지 않을까요. 세상에서 제일 소중한 내 기분을 좋게 해주는 고마운 물건인데요.

평소엔 우선순위를 잘 따져가며 최대한 합리적인 소비를 하기 위해 무척 애쓴다. 그런 날이 그렇지 않은 날보다 훨씬 훨씬 훨씬 더 많다. 갖고 싶은 물건이 생겨도 내가 나를 말린다. 에이, 저게 정말 필요해? 사서 뽕 뽑을 자신이 있어? 저기 말고도 돈 들어갈 데 많은데? 이런 생각을 하다 보면 어느새 김이 팍 샌다. 그래 맞아, 집에 어지간한 생활용품은 다 있지. 옷장에 옷이 없는 건 아니지. 사지 말자. 돈 굳고 좋네. 그치만 역시 조금 슬프다. 가끔은 필요와 쓸모 따위는 제쳐두고, 그저 내 눈에 아름답고 흐뭇하다는 이유만으로 쇼핑하고 싶은 것이다. 그리고 그런 물건을 남에게도 선물하고 싶은 거고요.

나는 다시 애인을 위해 하루 1,500원짜리 적금을 시작했다. 다음번 생일엔 받고 싶은 걸 제발 미리 좀 생각해둬!

여행, 나이, 그리고 돈

¶

여행은 그 자체로 하나의 거대한 쇼핑 덩어리다. 시간과 정성과 돈이 잔뜩 들어간다. 오백만 번쯤 심사숙고해 목적지를 결정하고, 최저 가격과 최소 시간 사이에서 머리를 쥐어뜯으며 항공권을 검색한다. 어떤 숙소가 괜찮을지 온갖 걸체크하며 가늠하고, 현지 물가를 검색해 하루에 대략 얼마를 쓰게 될지 계산해본다. 그렇게 우리는 없는 돈과 없는 시간을 쪼개고 모으고 땅겨서 여행을 떠난다.

여행 작가로도 활동하는 나의 경우는 여행과 일을 떼어놓고 생각하기 어려운데, 남들보다 자주 떠나기도 하고 한번 가면 꽤 오래 머물기 때문에 돈도 사리고 몸도 사린다. 일정 역시 크게 무리하지 않으려고 노력한다. 조만간 또 가야 하는데 무릎이라도 나갔다간 곤란하다.

같은 여행 경비라도 어디에 얼마를 쓸 것인지 항목별 비중에도 변화가 생겼다. 이게 말이죠, 당연한 얘기지만 나이를 먹으면서 참 많은 게 달라지더라고요. 특히 숙소가 그런데 어떤 차이가 있는지 살펴보자면…

20대: 숙소에 돈 들이지 않으려고 애썼다. 방값을 아끼면 그걸로 할 수 있는 게 많으니까. 어차피 잠만 자고 나올 거라 따뜻한 물만 나오면 된다. 그래서 주로 유스호스텔 도미토리에 묵었다. 옆 침대에서 누가 코를 골든 말든, 어차피 내가 걔보다 먼저 뻗는다. 여권과 돈 같은 중요한 물건은 복

대에 고이 집어넣고 아랫배에 품고 잤다. 같은 방 여행자와 인사를 나누고, 때론 같이 돌아다녔다. 그들을 통해 그리고 유스호스텔 직원을 통해 여행 정보를 얻었다. 이 시기엔 숙소에만 돈을 아낀 게 아니라 먹을 것에도 빡빡하게 굴었고, 어지간한 거리는 걸어 다녔다. 여행이 끝나갈 무렵, 남은 돈으로 그 나라에서만 살 수 있는 걸 잔뜩 사들고 귀국했다.

30대: 여행 경험이 쌓이면서 어지간한 외국 물건은 한국에 이미 들어왔다는 걸 알게 되었고, 더는 바리바리 싸들고 올 일이 없어졌다. 쇼핑 비용이 줄어든 대신 다른 데 돈을 쓰게 되었는데 가장 먼저 숙소부터 업그레이드했다. 이젠 6인실, 8인실 도미토리에선 못 자겠단 소리가 입에서 절로 나왔다. 숙소에서 휴식하며 보내는 시간이 점점 길어졌고, 잠귀가 밝아졌으며, 개인 공간이 절실해졌다. 나름의 여행 노하우와 루틴이 생겼고, 인터넷을 통해 여행 정보를 쉽게 얻을 수 있게 되어 유스호스텔이 더 이상 여행자의 사랑방으로 느껴지지 않았다. 이 시기엔 저렴한 호텔을 주로 이용했다.

40대 중반, 요즘: 여행 패턴이 많이 바뀌었는데, 과거엔 끊임없이 이동했다면 이젠 한 지역에 한 달 전후로 체류한다. 호텔 대신 아파트나 레지던시처럼 집이라는 느낌을 더 주는 숙소에 머문다. 부엌, 거실, 침실 등으로 공간이 분리되어 안정감과 생활감을 얻을 수 있다. 전체 숙박비를 따져보면 호텔보다 저렴하다. 주로 에어비앤비를 통해 숙소를 예약하는데 여행 기간에 따라 할인을 받을 수도 있다. 20~30대 시절엔 아침에 숙소를 뛰쳐나가 밤늦게까지 신나게 돌아다니다 들어와 뻗곤 했는데, 아이고 이젠 못한다. 최소 한 번은 중간에 숙소로 돌아와 쉰다. 쇼핑한 게 있으면 내려놓고, 화장실도 가고, 잠깐 누워서 멍때리거나 낮잠을 자다가 다시 느긋하게 저녁 산책을 나가거나 한다. 숙소에서 보내는 시간이 길어지니 호텔보다는 더욱 집 같은 곳을 찾게 된다.

어떤 동네에 머무는 게 좋을까? 이건 항상 고민하는 문제
인데, 나는 스타벅스를 나름의 기준으로 잡는다. 구글 맵
을 켜고, 눈여겨보는 숙소 주변에 스타벅스가 있는지(있다
면 얼마나 가까운지) 체크한다. 세계 어느 지점에 가든 인
테리어도 배경음악도 메뉴도 한결같아서 스타벅스에 앉아
있으면 묘하게 마음이 차분해진다. 여행은 일탈이라고 하
지만 24시간 내내 붕 떠 있기는 어렵다. 그 안에서 일상을
찾아야 한다. 게다가 와이파이도 빵빵하고, 어지간해선 꽤
오래 머물러도 눈치 볼 일이 없어 책을 읽거나 노트북을 쓰
기도 좋다.

그리고 무엇보다, 실은 이게 가장 중요한데, 스타벅스 주변
은 안전할 확률이 높다. 여러 편의시설이 모여 있는 경우도
아주 많다. 대개 스타벅스는 고르고 고른 괜찮은 곳에 매장

을 오픈하기 때문이다. 나는 주로 혼자 여행하니 밝고 안전한 동네에 머물고 싶다.

바쁘게 돌아다니는 여행에서 한곳에 길게 머무는 체류로 패턴이 바뀐 후엔 일할 공간에도 돈을 꽤 쓰게 되었다. 이게 무슨 소리냐면, 여차하면 코워킹 스페이스 사용료를 낼 준비가 되었단 얘기다. 에어비앤비를 통해 집을 빌릴 땐 와이파이가 되는지, 인터넷 속도는 어느 정도나 되는지, 책상이나 식탁 등 노트북을 쓸 만한 공간이 있는지 미리 확인한다. 이젠 와이파이야 어디든 다 가능하지만 사우스 코리아에서 온 여행자는 속도가 어지간히 빠르지 않으면 속이 터진다. 책상이나 식탁도 의자 높이가 어정쩡하면 몸이 힘들다. 그런 곳에서 키보드를 좀 두들겨보면 금방 팔꿈치가 아프거나 목이 뻐근하고 어깨가 뭉친다. 중년의 몸뚱이는 살살 다뤄줘야 한다. 그래서 숙소를 물색할 땐 주변의 스타벅스뿐 아니라 코워킹 스페이스도 미리 검색한다. 노트북을 갖고 다녀야 하니 가까울수록 좋다.

코워킹 스페이스는 짧게는 일주일, 보통은 월 단위 멤버십에 가입해 이용하는데, 일단 직접 가서 구경한 다음에 결정한다. 가능하다면 일일 체험을 신청해 인터넷 속도도 체크하고, 책상과 의자는 사무용인지 아니면 카페 테이블 같은 것인지 확인한다. 생각보다 별로일 수도 있고 생각보다 더 좋을 수도 있다.

태국 치앙마이에서 두 달가량 지낼 때는 거의 매일 코워킹 스페이스로 출근했다. 오전 11시쯤 되면 기온이 쭉 올라가기 때문에, 하루 중 제일 더운 몇 시간 동안은 에어컨이 시원하게 나오는 코워킹 스페이스에서 이런저런 일을 하거나 책을 읽었고, 더위가 가실 무렵 퇴근해 동네를 산책하듯 여행했다. 나름의 출퇴근 루틴이 생기니 긴 여행 중에도 소속감과 안정감을 느낄 수 있었다.

반대로, 포르투갈 포르투에서 체류하던 시기엔 코워킹 스페이스 대신 숙소의 식탁에서 일했는데, 식탁과 의자 높이가 내 몸에 적당히 잘 맞았다. 포르투는 밝은 대낮에 돌아다니기 좋은 도시고, 해가 지면 좀 썰렁해지기 때문에 어두워지기 전에 숙소로 돌아와 노트북을 폈다. 게다가 이 도시엔 코워킹 스페이스가 그리 많지도 않다. 치앙마이는 디지털 노마드에게 인기 있는 지역이라 코워킹 스페이스가 무척 흔한 것이다.

내 여행 방식은 오늘의 나에게 꽤 잘 맞지만 시간이 흐르고 나이를 더 먹으면 우선순위는 또 바뀔 것이다. 정답이 어디 있겠어요. 그때가 돼봐야 알죠. 그래서 나는 끊임없이 내 상태가 어떻고 기분은 어떤지, 만족스럽고 쾌적한지 아닌지 신경 써서 돌본다. 조금이라도 더 오래오래 여행 다니려고요.

여행생활자의 앱 활용법

¶

한국을 한순간에 휩쓸었던 유행어 'YOLO'의 유통기한은 생각보다 짧았다. 인생 한방이야, 탈탈 털어 하고 싶은 거 다하는 거야! 하지만 곧 다들 깨달은 것이다. 정말로 가진 걸 탈탈 털어 신나게 썼다간 남은 인생이 탈탈 털릴 거라는 걸. 대부분의 사람은, 나를 포함해, 다시 수줍게 몸 사리며 노후 준비를 시작했다.

하지만 나는 여행을 좋아하고 한 번이라도 더 가려고 애쓰는 사람이다. 여행에 돈 쓰는 것도 욜로인데, 괜찮은 거야?

나에게 여행이란 욜로 대잔치가 맞지만 정해진 예산 내에서 잔치잔치를 벌이고 있다. 선 적금, 후 지출의 원칙을 소중히 지킨다. 적금을 차곡차곡 부어 목표 금액을 달성하기 전엔 여행을 가지 않고, 그렇게 모은 현금으로 비행기표와 숙박비를 포함한 여행 경비를 지출한다. 신용카드를 연결해놓은 몇몇 스마트폰 앱으로 결제할 때를 제외하면, 여행 중엔 되도록 미리 쥐고 있던 현금만 쓴다.

지속 가능한 여행을 추구하기 때문에 여행하는 동안에도 일상을 유지하려고 노력하는데 역시 돈 관리와 건강 관리, 이 두 가지가 가장 중요하다. 아주 매우 굉장히 한없이 중요하다. 숨만 쉬어도 돈이 나가니 숨을 효율적으로 쉬는 방법을 익혀야겠죠.

내 여행은 스마트폰 전과 후로 확연히 나뉜다. 내비게이션이 없었을 땐 대체 어떻게 운전했을까 의아한 것처럼, 스마트폰이 없었을 땐 어휴 대체 어떻게 이 나라 저 나라 돌아다녔는지 기억도 안 난다(요건 거짓말이다. 그동안의 고생이 생생히 떠오른다).

최근 나의 여행 필수 앱은 구글 맵과 구글 번역기, 그랩과 우버, 그리고 트라비포켓이다. 트라비포켓은 여행 가계부 앱인데, 목적지 국가를 선택하면 현지 통화로 가계부를 기록할 수 있고 실시간 환율이 적용되어 한국 돈으로 얼마인지도 동시에 확인할 수 있다. 여행별 설정 메뉴에서 이번 여행의 대략적인 예산을 입력한 다음, 돈 쓴 내용을 기록하면 지금까지 지출한 돈은 얼마이고 앞으로 얼마나 남았는지 한눈에 들어온다. 지출 내용을 카테고리별 그래프로 확인할 수도 있는데, 식비는 얼마나 썼으며 전체 예산의 몇 퍼센트에 해당하는지, 쇼핑과 교통비와 관광지 입장료는 또 어떤지 확 와닿는다. 날짜별로, 시간 순서별로 정렬되고 각 지출 항목마다 관련 사진을 촬영해 첨부하고 메모할 수 있어서 가계부 역할뿐 아니라 여행 기록장으로 활용하기도 좋다. 물론 PC 백업도 가능하다…라고 쓰다 보니 앱 개발자 같지만 저는 그저 한 떨기 사용자입니다. 물건이 좋아서 권할 뿐이죠.

이 앱을 사용한 지는 3년쯤 되었는데, 그 사이 아홉 번의 해외여행을 다녀왔다(정말 잘도 돌아다닌다). 이 원고를 쓰기 위해 그 아홉 개의 여행 가계부를 하나하나 열어보니 식비 비중이 단연 높다. 평소에도 꽤 높은 편인데, 여행 중엔 특히 더하다. 매번 최선을 다해 알차게 먹었다. 뿌듯하다.

트라비포켓 앱을 잘 써먹고 있다는 건 돈을 쓸 때마다 생수 한 병, 지하철 탑승권 한 장까지 꼼꼼히 입력한다는 뜻인데, 나는 20여 년간 가계부를 10원 단위로 기록해왔기 때문에 이 정도는 익숙하다. 그럼 가계부와 친하지 않은 사람은 어쩌라는 거냐고 묻는다면… 선생님, 이참에 가계부를 쓰시지요(진지한 눈빛).

내 진짜, 다른 건 몰라도 가계부만큼은 꼭 권한다. 가계부를 써봐야 내 하루가, 일주일이, 한 달이, 1년, 10년, 15년의 흐름이 눈에 보인다. 그걸 확인해야 남은 인생을 지져 먹을지 볶아 먹을지 튀겨 먹을지 어느 정도 감 잡을 수 있다.

여행을 마치고 돌아온 후의 추가 지출에도 미리 대비하는 게 좋은데, 여행 중 자주 쓰는 앱 중엔 신용카드를 연결해놓아 자동 결제되는 것도 있어서다. 가장 자주 쓰는 건 택시 호출 앱으로, 동남아시아 지역에선 그랩을 주로 쓰고 유럽 등에선 우버를 이용한다.

맘 편히 여행을 마치고 돌아와 그달 말이나 다음 달 초, 통장에서 카드값이 빠져나갈 때 헉하고 놀란다. 뭐지, 이 자잘한 해외 결제 내역은? 이럴 리가 없는데? 신용카드를 도용당한 건가? 하고 경악하며 결제 내역을 진지하게 훑어보면 하나부터 열까지 다 내가 쓴 게 맞다. 너무 맞아서 섭섭하다.

교통비만 추가로 지출하면 되느냐… 여러분, 제가 최근 새로운 세계에 발을 들였잖습니까. 바로 배달음식 말이죠. 한국에 배달의민족과 요기요가 있다면 우버엔 우버이츠가, 그랩엔 그랩푸드가 있다. 택시를 부르려고 앱을 열었다가 나도 모르게 먹을 걸 주문하게 된다. 사용 방법도 한국의 배달 앱과 크게 다르지 않다.

일주일 전후의 짧은 여행이라면 굳이 뭘 시켜 먹을 일이 거의 없지만, 한곳에서 오래 머무는 긴 여행을 할 땐 얘기가 달라진다. 특히 태국과 말레이시아, 대만처럼 외식 문화가 무척 발달한 나라에선 요 배달 앱을 들여다보며 메뉴를 구경하는 재미가 쏠쏠하다. 한국보다 물가가 저렴한 만큼 배달료 부담도 작은데, 예를 들어 태국은 그랩푸드 배달 수수료가 10~15밧(약 400~600원)이고 최저 주문 가능 금액도 매우 낮거나 아예 없다. 덕분에 어느 날은 나가서 맛있는 걸 사 먹고, 어느 날은 숙소에서 휴대폰으로 요것조것 주문해 배달받는다.

카드 결제일엔 하이고, 뭘 이렇게 많이 먹었을까 어이없어 하겠지만 일단 오늘은 맛있게 먹는다. 보셨죠, 이러니 제 여행은 스마트폰 전과 후로 완전히 나뉜다니까요.

그러고 보니 최근 새롭게 시작한 습관이 하나 더 있다. 여행 마지막 날, 귀국편 비행기를 타기 전엔 으레 마켓컬리나 쿠팡에서 빵과 과일, 즉석밥과 반찬 같은 걸 미리 주문해놓는다. 그럼 다음 날 이른 아침, 집 앞에 딱 도착해 있을 테니까.

어떻습니까, 완벽하죠!

두 번째 자동차를 샀다

¶

마흔 살에 운전을 시작했다. 면허는 오래전에 따놨는데, 너무 쉽게 땄다. 운전에 엄청난 재능이 있어서가 아니라 당시 시험 난이도에 문제가 많았다(고 언론에서도 여러 차례 다루었다). 멍한 얼굴로 면허증을 받아들고서 아니 이렇게 대충 합격시켜줘도 괜찮은가, 라는 생각을 했다. 국가여, 진심이세요? 제가 이대로 자동차를 몰고 도로에 나가도 괜찮다는 겁니까?

그리하여 나는 동료 시민의 안전을 위해 이 한 몸 희생하기로 하고 뜨거운 눈물을 흘리며 면허증을 고이 장롱 안에 봉인하였던 것이다…는 뻥이고, 아무래도 영 자신이 없어 면허만 따놓고선 20년 가까이 운전을 한 번도 시도하지 않았다. 어쩌면 서울에서 나고 자랐기 때문일지도 모르겠다. 이 도시의 지하철과 버스 노선이 이렇게 촘촘한데 뭘 굳이 차를 사. 그저 때가 되면 면허증만 일없이 갱신했다.

용인으로 이사하면서 상황이 바뀌었는데, 분당이든 서울이든 어디로든 나가려면 집 앞에서 마을버스를 타야 했다. 제일 가까운 지하철역까진 버스로 40분 걸렸다. 거리가 멀어서 그런 게 아니라 단 하나뿐인(지금은 셋으로 늘어났다, 만세!) 마을버스 노선이 워낙 꼬불꼬불 돌고 돌아서 그랬다. 눈앞에서 버스를 놓치면 30분을 꼬박 기다려야 다음 버스가 왔다. 여름엔 더워서, 겨울엔 추워서 두 번 외출할 거한 번으로 줄였고, 나중엔 그냥 집에만 있게 됐다. 어차피 집이 곧 사무실이라 큰 상관은 없지만 그렇게 1년, 2년, 3년을 보냈더니 내 속에 이름 모를 병이 생긴 것 같았다.

아악! 더는 못해먹겠어! 어느 날 나는 펑 폭발했고, 이글이글 타오르는 눈으로 분연히 일어나 가까운 기아자동차 대리점으로 달려갔다(라고는 하지만 역시나 교통편이 애매해서 애인에게 차로 데려다달라고 부탁했다). 교통 편한 곳으로 이사 나가는 것보다 차를 뽑는 게 훨씬 싸게 먹힌다. 당장 실행하지 않으면 이 용기가 금방 사라질 것 같아서 마음이 급했다.

그런데… 무슨 차를 사야 하지? 인생 두 번째로 큰 지름이 될 텐데(첫 번째는 집) 대체 뭘 어떻게 해야 하는지 막막했다. 일단 초보니까 크고 좋은 차는 필요 없을 거라는 생각을 하긴 했지만 딱 거기까지.

희한하네, 비록 운전을 직접 한 건 아니지만 마흔 될 때까지 조수석이랑 뒷자리엔 실컷 앉아봤는데도 자동차에 대해 아는 게 너무 없었다. 심지어 대학교에선 산업디자인을 전공해 자동차 디자인 수업을 수년간 듣기까지 했는데도 그렇다. 막상 내 차, 내가 직접 핸들 돌려가며 운전할 차를 사려니 갑자기 눈앞이 캄캄해지고 말문이 턱 막히는 것이다. 자동차를 고를 땐 뭘 봐야 하지? 편의시설, 보조 기능, 이런 건 또 뭐가 필요하지? 이제 와서 생각하니 몰라도 너무 몰랐지만 그땐 몰라서 차라리 속 편했다.

에라 모르겠다, 경차 뭐 있어요? 모닝이랑 레이요? 대리점에 전시된 두 자동차 운전석에 한 번씩 올라타보고 곧바로 레이를 계약했다. 이유는 별거 없다. 더 커서 마음에 들었다. 저만큼 자동차를 후딱 계약한 사람이 또 있을까요… 있을 수도 있겠죠… 세상은 넓으니까….

겨땀과 등땀을 미친 듯이 흘리며 운전연수를 받았다. 시동을 걸고 액셀을 살짝 밟으면 시야가 경주마처럼 좁아지고, 귀에선 삐 소리가 났다. 용인 집 지하 주차장에서 출발해 분당 오리역까지, 매일 똑같은 코스를 왔다 갔다 연습했다. 퇴근 시간에 나갔다가 차선을 바꾸지 못해 울고, 유턴해야 할 곳에서 직진하며 울기를 수도 없이 반복하다 보니 그래도 조금씩 운전이 늘었다. 역시 반복 연습이 최고다. 어느새 더우면 에어컨을, 추우면 히터를 틀 수 있게 되었고 비가 오면 와이퍼를 켤 수 있게 되었다. 처음 8개월간은 시도도 못했던 동작이다. 그리고 1년쯤 지나자⋯ 아 이런⋯ 드디어 이 자동차의 아쉬운 점을 온몸으로 하나둘씩 느끼기 시작했는데⋯.

내 레이에는 애칭이 있다. '죄송이'다. 온 사방에 너무 죄송해서 그렇게 지었다. 미천한 제가, 물색없는 제가 감히 도로에 차를 끌고 나와 혼란을 초래하여 너무 죄송합니다아! 100미터 밖에서 울린 클랙슨에도 나는 괴로워했다. 그냥 마냥 모든 게 다 내 잘못인 것 같았다. 초보의 마음은 그런 것이다.

그러나 1년 차 운전자가 되니 어머나, 마음이 싹 바뀌네? 창문을 열고 왼쪽 팔꿈치를 창틀에 턱 걸친 채 겨드랑이를 식히며 달리는 맛이 너무 좋고, 선글라스를 낀 내가 너무 멋있다. 좀 더 빨리, 힘 있게, 거침없이 부아앙 달리고 싶다. 토크니 마력이니 하는 용어를 알게 되니 내 차는 너무 작고 힘이 딸리는 것 같다. 한마디로, 더 좋은 차를 몰고 싶은 것이다. 한번 이런 생각을 하기 시작하면 그걸로 끝이다. 그때부턴 이것도 아쉽고 저것도 아쉽다.

다른 자동차는 어두운 곳에선 자동으로 라이트가 켜지던데 내 차는 그렇지 않아서 속상하다. 몰라도 너무 몰랐지. 옵션을 좀 꼼꼼하게 볼걸 그랬다. 대리점의 영업사원이 서비스로 해준 선팅도 좀 더 진한 색이었으면 좋을걸 그랬다. 이제 와서 하는 소리지만, 자동차 색깔도 마음에 들지 않는다. 제일 빨리 출고된다길래 그럼 그걸로 하겠다고 쉽게 정해버렸다.

그 모든 아쉬움 중에서도 가장 절실한 것은 통풍 시트! 이런 신문물이 세상에 존재한다는 사실을 전혀 몰랐는데, 그동안 가장 많이 얻어 탔던 부모님과 애인의 자동차가 모두 10년이 훌쩍 넘은 거라 통풍 시트 같은 기능이 없어서다. 자동차 시트란 원래 앉아 있으면 등이랑 엉덩이, 허벅지 뒤쪽에서 땀이 줄줄 흐르는 게 당연한 거 아니었나요?

그런데 인터넷 여기저길 돌아다니다 이 세상에는 통풍 시트라는 기적의 물건이 있으며, 시트에 뽕뽕 뚫려 있는 작은 구멍을 통해 찬바람이 쉥쉥 나온다는 정보를 접한 것이었으니… 네… 저는 이제 더 이상 돌이킬 수 없게 되었네요….

그리하여 3년 6개월간 매일같이 나를 위해 달려준 죄송이와 작별하기로 결심하고, 그 뒤를 이을 자동차를 물색하기 시작했다.

두 번째 차라서 그런지 나름의 기준이 생겼다. 옵션 목록도 더 이상 정체불명의 암호처럼 보이지 않고 하나하나 눈에 들어온다. 어디 보자, 요 기능은 꼭 필요한 거니까 타협할 수 없고, 요건 있어도 그만 없어도 그만인데 별로 비싸지 않으니 집어넣어도 될 것 같고, 요 기능은 1도 필요 없으니 빼버려야지. 아, 통풍 시트도 꼭 넣어야 하고 지난겨울 눈 많이 오던 날을 생각하면 사륜구동도 필수고, 중얼중얼….

그렇게 자동차 제조사의 악명 높은 옵션질 앞에서 최선을 다해 버둥거린 끝에 드디어 하얀색 몸통에 검은색 뚜껑이 달린 셀토스를 계약했다. 죄송이에겐 죄송하지만 이거야말로 내 취향을 한가득 담은 자동차라구!!!

시간이 좀 흘렀다. 셀토스를 영접한 지도 어느새 6개월이 넘었다. 죄송이는, 아무래도 눈탱이를 맞은 것 같긴 한데, 중고차 딜러에게 팔았다. 첫 번째 차와 작별하는 일이 무척 슬플 줄 알았는데 새 차 시동을 거는 순간 너무 좋아서 싹 잊었다. 다시 한 번 죄송합니다 죄송님….

하여튼 셀토스는, 제조사의 표현에 따르면 소형 SUV라지만 나에겐 충분히 크고 널찍하다. 때론 너무 사치인가 싶다. 혼자 살면서, 차도 혼자 타고 다닐 거면서, 트렁크에도 딱히 집어넣을 게 없으면서, 뒷자리도 항상 비워두면서, 뭘 이렇게 크고 좋은 차를 샀대. 왠지 죄책감마저 든다.

혼자 타고 다니기는 레이 때도 마찬가지지만 그래도 그건 경차니까 나는 검소하다고 자신을 방어했다. 아무도 공격하지 않았는데 일단 방어부터 하는 게 버릇이다. 정신 차리지 않으면 자꾸만 튀어나오는, 정말이지 없어 보이는 버릇. 더 안락하고 더 안전한 자동차를 원한다. 그건 좋은 소비, 합리적인 소비다. 아니지, 비합리적이면 또 어때. 차 뒷자리만 비어 있나, 혼자 사는 내 집에도 쓰지 않는 방이 두 개나 있다. 휑하다면 휑하지만 덕분에 널찍하고 쾌적하다.

나는 더 좋은 것을 누리고 싶다. 하나하나 누릴 것이다.

맥시멀리스트는 아니지만

¶

미니멀리즘 열풍의 주역, 곤도 마리에가 온라인 쇼핑몰을 오픈했다. 있는 것도 갖다 버리라는 사람이 대체 뭘 팔겠다는 거야? 냉큼 접속해 들여다보니, 설렘을 주지 못하는 물건 따윈 싹 다 치워버리고 대신 자기가 직접 '셀렉'한 206달러짜리 실내 슬리퍼를 사라고 권한다. 또는 86달러짜리 향초라든가 74달러짜리 수건 같은 것. 조리도구를 착착 꽂아놓기 좋은 금속제의 둥그런 통은 275달러고, 시멘트 소재의 묵직한 접시는 145달러다.

입에서 자연스러운 반응이 튀어나온다. 미친 거 아냐? 나만 그렇게 생각했을 리 없다. 이미 수많은 사람에게 욕을 대차게 먹었다. 하지만 곤도 마리에는 당당해 보인다. 자기가 어떤 물건을 사용하는지 궁금해하는 사람을 위해, 설렘을 주는 좋은 물건을 소개하는 것이라고 설명한다. 아 그렇습니까. 그래도 그렇지, 너무 좀 비싸지 않나요.

하긴 미니멀리스트가 되려면 돈이 꽤 있어야 한다. 갖고 싶은 게 있어도 돈이 없어서 못 사는 데다, 어차피 집도 너무 작고 좁아 물건을 놔둘 데가 없어 강제로 미니멀리스트가 되었다는 농담도 있다. 그건 그저, 머니가 너무 미니멀하게 있어서 그런 거고(눈물)….

사실 미니멀리스트란 좋다는 걸 두루두루 써본 다음에 가장 마음에 드는 것 딱 하나를 고를 수 있는 사람이다. 돈도 있어야 하고 여유도 있어야 한다. 애초에 우리가 원하는 미니멀라이프라는 게 다이소 꿀템만 착착 골라 구비해놓는 인생은 아니니까.

어디 멀리까지 갈 것도 없이, 립스틱이나 아이섀도만 생각해봐도 그렇다. 화장 초보 시절엔 대체 뭘 발라야 할지 모르니 이것저것 되는대로 다 산다. 좋다고 하는 소리에 귀가 쉽게 팔랑거리는 시기다. 하지만 화장 짬밥이 어느 정도 차면 내 얼굴에 잘 받는, 유난히 손이 자주 가는 게 어떤 건지 알게 된다. 그런 건 재구매하고 아닌 건 바이바이. 한두 번 써보고서 영 손이 안 가 결국 버린 화장품도 엄청 많다. 돈은 장난 아니게 날렸지만 그 경험 덕에 화장대와 파우치가 가뿐해졌다.

화장품이든 음식이든 옷이든 공연이든 여행이든 무엇이 나에게 가장 잘 어울리는지 안다면, 뭘 할 때 가장 기분이 좋아지는지 안다면, 과거의 내가 그만큼 돈을 쓰고 똥도 밟으면서 어렵사리 알아낸 덕분이다.

하여간 그래서, 나에게도 미니멀리스트적인 경향이 있을까? 아이고, 절대 아닌데요. 당장 내 집 거실만 봐도 뭐가 되게 많다. 방 3개짜리 아파트지만 대부분의 시간을 거실에서 보내느라(소파 옆에 이불 깔고 잠도 잔다) 좋아하는 물건은 거실에 몽땅 때려넣었다.

식물 화분들은 언제 이렇게 늘어났는지 공간이 온통 초록초록하다. 자라기도 잘 자라서 어떤 건 천장에 닿기 일보 직전이다. 아니 잠깐, 지금 다시 보니 이미 닿다 못해 구부러졌다.

여행지에서 열심히 사 모은 접시와 찻잔도 많고 괴이한 장식물도 꽤 있다. 봄에 씨 뿌리기 전, 땅에 깃든 악령을 내쫓는 의식에 쓰는 불가리아의 털가죽 인형이라든가, 중국 모 지역에서 망자를 매장할 때 함께 묻는 노잣돈 상자 같은 것들…(대체 왜 샀을까?)

쓰지 않는 방을 싹 치워서 요런 여행 기념품을 전시할까도 생각했는데 영화 〈컨저링〉을 보고 마음을 접었다. 영화 속 퇴마사 부부가 평생 모은(당신네는 또 그걸 대체 왜 모아??) 온갖 저주받은 물건을 방 하나에 전시해놨는데, 애나벨 인형도 그중 하나다. 괜히 그런 방을 만들었다간 내 인생 장르가 공포물로 바뀔까 봐 겁난다. 로맨틱 코미디나 격정 멜로라면 또 몰라… 호러는 안 된다구….

그렇다고 해서 내가 물건을 꾸역꾸역 쟁이는 스타일인가 하면 그건 또 아니다. 역시 스토리텔링이 관건인데, 같은 접시라도 여행지 벼룩시장에서 산 것엔 애착이 있지만 이케아에서 산 건 처분할 때도 크게 아쉽지 않다. 그래서 보통은 뭐가 되었든 동일한 카테고리의 물건을 두 개 이상 구매할 경우, 기존 보유분을 약 한 개 처분하는 식이다…라고 쓰니까 너무 딱딱하네요. 쉽게 말해, 새 걸 두 개 사면 쓰던 건 하나 버리는 걸 목표로 한다는 소립니다.

또는, 집에 쓰지도 않는 뭔가가 너무 많다는 생각이 들 때

날 잡아서 대대적으로 치운다. 이런 생각은 갑자기 드는 건 아니고, 매일 조금씩 눈과 마음에 거슬리는 것이 쌓여가다 어느 순간 더는 안 되겠다 싶어지는 때가 온다.

어차피 버릴 거면 중고로 팔아도 좋겠지만, 중고거래 앱을 깔고 몇 차례 거래해보니 얻는 것(약간의 돈)보다 잃는 것(인류애)이 더 커서 그만뒀다. 중고 판매 또는 무료 나눔을 해보셨나요? 세상엔 참으로 다양한 영장류가 있다는 걸 알게 된답니다.

차라리 주위 사람들에게 공짜로 나눠주는 게 나은데 그것도 은근히 손 많이 가는 일이다. 줬다 욕먹지는 않을지 물건 상태를 체크해야 하고, 누구에게 주는 게 좋을지도 가늠해야 하고, 이런 게 있는데 필요하지 않으냐 설명해야 하고, 서로 시간을 조율해 초대해야 하고, 그러려면 집도 어느 정도는 치워놔야 하고, 차라도 한잔 내와야 한다. 아니면 잘 싸서 택배로 보내거나. 아오 귀찮아….

옷장이랑 신발장도 한번 싹 털 때가 되었다. 신기하게 비워도 비워도 금방 찬다. 평소에 자주 신는 신발이래봤자 더운 계절엔 킨 샌들과 아디다스 울트라부스트, 추운 계절엔 나이키 에어맥스 95랑 마나스 첼시 부츠다. 요 네 켤레를 번갈아가며 주구장창 신기 때문에 언제나 현관에 대기 중이고, 신발장 안에는 신지 않는 신발만 가득하다.

가끔 들여다보며 놀란다. 아 맞아, 이런 게 있었지! 아까워라, 내가 왜 안 신었지? 신어보면 곧 알게 된다. 아, 이래서 그랬구나… 볼이 좁거나 굽이 너무 높거나 발가락 끝이 애매하게 닿거나 뒤꿈치가 미친 듯이 까지거나, 하여간 이유가 있다. 오늘은 일단 다시 신발장에 넣어두지만 조만간 처분해야지. 최근 2년여 간 한 번도 입지 않은 옷도 함께.

그런 옷 역시, 분명 앞으로도 옷장에서 꺼내지 않을 확률이 아주 높다. 가지고 있어봤자 가끔 아련한 눈으로 괜히 한번 걸쳐보기만 하고, 입고 나가진 않을 것이다. 처분한다 생각하니 살짝 아쉽지만 그렇다고 해서 엄청 좋은 물건도 아닌 걸 뭐.

한때는 비싸고 좋은 옷을 몇 벌 사서 오래오래 입을 생각도 했다. 패션 미디어에 수두룩하게 나오는 '싼 것 여러 개 살 돈으로 괜찮은 것 하나를 사라'는 조언에 감명받아 나의 시그니처 스타일을 만들고 싶었다.

하지만 과연 가능할까? 요즘은 말이죠, 비싼 옷도 퀄리티가 영 구리더라고요. 몇 번 입지 않았는데 군데군데 보풀이 보풀보풀 생기고 후줄근해진다. 정가를 주고 산 비장의 옷이 곧 할인가로 인터넷에 쫙 깔리기도 한다. 이런 일을 몇 번 겪으니 멘탈에 기스가 좍좍 가 이젠 그냥 인터넷을 뒤져 적당한 옷을 사게 되었다. 화려한 게 땡길 땐 자라 매장에 놀러 가 이것저것 입어보거나.

아, 말 나온 김에 자라 신상품이나 구경하러 가야겠네.

상품권과 백팔번뇌

¶

가족이나 가족만큼 가까운 사람을 위한 선물을 고르는 건
꽤 어렵다. 그 사람을 잘 아는 만큼 찰떡같이 어울릴 선물을
제대로 고를 수 있을 것 같지만 오히려 반대다. 잘 알기 때
문에 어렵다. 이건 이래서 좋아하지 않고, 저건 저래서 싫어
라 한다는 걸 너무 잘 안다.

백화점을 빙빙 돌고 인터넷 쇼핑몰도 수백 번 클릭해보지
만, 내가 갖고 싶은 물건만 자꾸 눈에 들어온다. 나라면 이

런 걸 선물 받고 싶을 텐데, 그냥 살까? 그치만 그랬다가 상대방 반응이 시원치 않으면 마음 상할 것이다. 왜, 별로야? 엄청 고민해서 골랐는데, 섭섭해!

역시 현금인가. 로맨틱하지도 않고 멋도 없지만 그래도 현금이 제일 속 편하다. 친구 집들이 선물로 으레 디퓨저를 고르듯, 퇴사하는 동료 선물로 핸드크림을 고르듯, 알 만큼 아는 편한 사이라면 봉투에 현금을 곱게 담아주는 게 최고일지도. 아, 디퓨저를 선물한다는 게 당신이나 당신 집에서 좋지 않은 냄새가 난다는 뜻은 절대 아닙니다. 그저 디퓨저란 적당한 가격대에, 적당히 트렌디하면서, 적당히 예쁜 물건이라서 그렇습니다. 핸드크림도 그렇고요. 선물계의 클래식이랄까요.

상품권은 어떨까? 쓰기 애매한 지역 상품권 같은 것보단 아무래도 백화점 상품권이 좋을 것이다. 한때는 전통의 강자 롯데백화점 상품권이 대세였으나 이젠 신세계 쪽이 더 환영받는다. 그걸로 이마트에서 장을 볼 수 있으니까요…라고 쓰다 보니 좀 그렇다. 상품권을 선물하는 쪽에선 이걸로 백화점에서 뭔가 근사하고 좋은 물건을 사길 바랄 텐데, 받은 사람은 이마트에 가서 대파 한 단, 양파 한 망, 두부 한 모, 돼지목살 반 근 같은 걸 산다면. 그럼 그냥 돈을 주는 거랑 별 차이가 없잖아. 그래도 현금보단 좀 격식을 갖춘 것 같기도 하고… 중얼중얼….

이 의식의 흐름은 대체 뭔가 하면, 실은 얼마 전에 백화점 상품권이 생겨서 그렇다. 무려 현대백화점 상품권 10만 원짜리 석 장이다. 아는 사람의 일을 좀 도와주었더니 고맙다며 선물로 주었다. 어머 웬일이야, 감사합니다! 전혀 기대하지 않았던 거라 무척 설레고 기쁘다.

아마도 나에게 어떻게 보답해야 할지 좀 고민했을 것이다. 돈을 받기로 한 일이 아니니 현금을 주기는 애매했을 것이고 선물을 고르는 건 더 어려웠을 것이다. 그러니 백화점 상품권을 준비했겠죠. 그 마음, 제가 너무 잘 압니다.

하여간 그래서, 이 30만 원어치 상품권으로 뭘 할까? 그게 무슨 고민거리야. 사고 싶은 것 아무거나 고르면 되지. 처음엔 그렇게 생각했다. 그런데 막상 실행하려니 나 원 참, 고민된다. 백화점엔 워낙 자주 가고 특히 현대백화점 판교점을 좋아하지만 보통은 아이쇼핑을 한 다음, 지하 식품매장에서 커피랑 케이크를 사 먹는 걸로 끝이다. 아니면 5층의 CGV나 지하 2층 교보문고에서 영화를 보거나 책을 고른다. 화장품도 옷도 신발도 백화점에선 잘 사지 않는다. 백화점은요, 비싸단 말이죠. 그리고 저는 인터넷 최저가에 너무 익숙하고요.

아디다스 매장에서 울트라부스트 러닝화를 들었다 났다 했지만, 분명 검색해보면 몇 만 원은 더 싸게 파는 곳을 찾을수 있다는 걸 이미 알고 있는데 어떡해. 아, 지갑을 사면 어떨까? 쓰던 게 꽤 낡았으니 이참에 바꿔도 좋겠다. 하지만 마음에 드는 걸 찾다 보면 구찌나 생로랑 매장에 눈이 가는데, 그런 브랜드에선 제일 평범한 반지갑 하나 살래도 70만 원은 훌쩍 넘는다. 이거다 싶은 건 더 비싸다. 그럼 상품권으론 택도 없으니 내 돈을 몇 배는 더 써야 하는데 굳이 그러고 싶진 않다. 흠, 이거 애매하네. 이럴 거면 그냥 지하 식품매장으로 내려가서 비싼 한우나 왕창 살까? 그냥 모바일 상품권으로 전환해서 인터넷 쇼핑이나 야금야금할까?

그치만 그건 또 싫다. 역시 뭔가 좋은 것, 예쁜 것을 사고 싶단 말이죠. 이왕이면 매장에 직접 가서 고르고 쇼핑백에 담아 달래서 달랑달랑 흔들며 돌아다녀야 제맛이지….

그렇게 반년이 훅 지나갔다. 화장대 위에 놓아둔 상품권 봉투 위엔 먼지가 뽀얗게 내려앉았다(청소는 귀찮으니까요). 혹시나 해서 상품권을 앞뒤로 꼼꼼히 살펴봤는데 유효기간은 따로 없는 모양이다.

아직도 고민 중이다. 내 돈 주고 사기는 부담스러운데 선물

받으면 너무 기쁠 만한 물건, 30만 원 내로 살 수 있는 게 대체 뭘까. 최근에 가장 솔깃한 아이템은 향수다. 바이레도나 르 라보 같은 니치 향수 브랜드 매장에서 마음에 드는 걸 하나 고르고 돈이 남으면 맛있는 거 사 먹으면 되겠다. 어머, 정말 그러네! 딱이네 딱이야. 잠깐, 그런데 내가 평소에 향수를 잘 쓰진 않잖아. 괜히 샀다가 또 먼지만 쌓이는 거 아냐? 향수 말고 다른 건 뭐 없을까…?

죄송합니다 여러분, 원점이네요.

신예희의 물좋권

직접 써보고 권합니다

잇템, 핫템, 꿀템을 찾아서

¶

'남들은 모르는데 나만 아는 좋은 물건'이라는 게 존재할까? 진지하게 말하겠다. 여러분, 그런 거는 있을 수가 없어요. 그만큼 좋은 거라면 이미 동네방네 소문이 났을 것이다. 반대로, 정말 나 혼자만 아는 거면 이미 망해서 사라졌겠지. 물건만 그런 게 아니다. 어디 조용한 동네에 숨어 있는, 나만 아는 근사한 카페가 있다고 치자. 어머 여기 진짜 괜찮다, 너무 조용해, 책 읽기 딱 좋네, 라는 생각이 드는 그런

곳. 아마도 조금 있으면 금방 손님이 확 늘어나거나 아니면 소리소문 없이 망할 것이다. 그렇게 손님이 없는데 무슨 수로 가게를 유지하겠어요.

좋은 물건을 만나려면 그저 열심히 눈 크게 뜨고 귀 활짝 열고 부지런히 찾아다니는 게 최고다. 세상 오만 것에 두루 관심을 갖고 들여다보고 참견도 하고 비교도 하면서, 내 시간과 에너지를 팍팍 써야 좋은 것을 고를 확률이 높아진다. 너무 당연한 소리다. 괜찮은 물건도 맛있는 식당도 근사한 카페도 새로운 여행지도 그렇게 발굴한다.

"너는 그런 걸 어쩜 그렇게 잘 알아?"라며 신기해하는 주변인들이 있는데, 내가 그만큼의 큰 사랑과 정성을 쏟아서 어렵게 찾은 거다 이것들아. 그러니 정보만 쏙쏙 빼갈 생각 말고 커피라도 한잔 사렴.

하여튼, 언제 어디서 무슨 정보를 얻게 될지 모르니 그저 평소에 여기저기 쑤시고 다니는 것 말고는 뾰족한 수가 없다.

이렇게 쓰니까 무슨 부동산 투자 이야기 같네요. 보통은, 사려는 물건을 나보다 먼저 두루두루 써봤을 법한 사람들이 모여 있는 커뮤니티를 열심히 눈팅하고 검색한다.

예를 들어 40~50대 이상의 주부가 많이 모인 곳엔 다양한 생활용품 정보가 있기 마련이다. 삶을 쾌적하게 해주는 생활 속의 명품은 어떤 것이 있을까요, 라는 주제는 잊을 만하면 수면 위로 올라온다. 그만큼 모두 궁금해하는 이야기이자 서로 자신의 정보를 나누어주고 싶어 하는 중요한 주제다. 고깃집에서 많이 쓴다는, 두툼한 생고기가 썩썩 잘려나가는 강력한 가위라든가, 15년 전 첫아이 낳을 때 샀는데 아직도 짱짱하다는 빨래 건조대, 스타킹을 수도 없이 뚫어 먹던 거친 발뒤꿈치를 한 방에 맨질맨질하게 만들어준다는 풋크림 같은 건 모두 우리 주부님들의 추천으로 고이 영접한 것이다. 좋은 분들… 감사한 분들….

웹툰 작가들의 커뮤니티와 SNS를 통해선 일할 때 쓰는 물건을 많이 추천받는다. 좋은 책상과 의자, 허리와 엉덩이를 덜 아프게 해준다는 방석, 둥글고 미끄러워 툭하면 어딘가로 굴러가는 애플펜슬에 끼우기 딱 좋은 실리콘 그립도 덕분에 잘 쓰고 있다(무려 1,000원에 3개).

다음daum 웹툰 〈질렐루야〉에게도 감사하다. 작가가 직접 써본 괜찮은 물건을 매회 소개하는데, 없어도 그만이지만 있으면 생활이 요만큼씩 쾌적해지는 아이디어 상품들이다. yami 작가의 〈질렐루야〉는 2014년부터 지금까지 여러 시즌에 걸쳐 연재 중인데, 이렇게 오랫동안 연재한다는 건 그만큼 많은 독자가 괜찮은 생활용품에 목말랐다는 의미겠지요.

이런 정보를 쭉 보다가 왠지 느낌이 좋으면, 필이 딱 오면, 지갑을 연다. 때론 똥을 밟는다. 똥 한번 밟지 않고 귀신같이 좋은 것만 쏙쏙 골라 사긴 어렵다. 껍데기가 멀쩡하고 어여쁘길래 알맹이도 그럴 줄 알고 샀는데 영 아닌 물건들이 세상엔 너무 많다. 한심할 정도로 코팅이 금세 벗겨지는 프라이팬처럼, 눈으로 보면서 이것은 확실한 똥이라고 구분할 수 있는 건 차라리 낫다. 지금 내가 속은 게 맞나 긴가민가 애매한 물건은 훨씬 괘씸하다.

대표적인 게 의류 주름 제거 스프레이인데, 그러니까 이게 뭐 하는 물건이냐 하면 구겨진 옷에 착착 뿌린 뒤에 말리면 주름이 대부분 펴지는 신비의 액체가 들어 있는 분무기로, 한 통만 사면 배송료가 붙지만 지금 두 통을 구입하시면 무료배송이라길래 마구 설레며 두 통을 질렀던 것이다(헉헉). 그리하여 이틀 후 택배를 받아 매우 설레는 마음으로 살짝 구김이 간 옷에 꼼꼼히 뿌렸는데, 주름이 펴지긴 개뿔 대체 뭐가 달라지는지 잘 모르겠는데?

여기서부터 좀 애매해지는 게, 왜냐면 쇼핑몰의 상품 소개에서 그랬거든요. '섬유의 종류와 주위 환경에 따라 효과가 다르게 나타날 수 있습니다.' 어, 그렇다면 혹시 내 옷이 특

수 섬유로 만든 거라 약발이 먹히지 않는 건가? 주름이 너무 심해서 펴지지 않는 건가? 내가 너무 많이 뿌렸나? 내가 너무 찔끔 뿌렸나? 오늘 날씨가 추워서 그런가? 더워서 그런가? 습해서 그런가? 건조해서 그런가 …???

그렇게 긴가민가한 채로 어영부영 하루 이틀 지나면 환불이나 교환 신청을 하기도 애매해지고, 그냥 나랑은 잘 안 맞나보다 하며 잊게 된다. 그리고 얼마간의 시간이 지난 후 SNS에서 이 물건에 대해 불평하는 누군가의 글을 발견하고는 갑자기 현실을 깨닫고 폭발한다. 그래, 역시 이건 사기였어! 나는 속은 거야! 뒤통수를 후려맞은 거라고! 적당히 은은한 향내가 나는 맹물 분무기 두 개를 몇 만 원이나 주고 샀다고!!!! 하나님의 선물이라는 무안단물 같은 것에 속는 사람들을 도무지 이해할 수 없다며 비웃었는데, 인제 보니 제가 바로 그런 사람이네요….

이런 일을 몇 번 겪다 보면 나도 뇌가 있는 인간인지라 약간의 발전을 하게 된다. 실제 써보니 좋아서 신나게 인터넷에 올린 것인지, 아니면 얍삽한 바이럴 마케팅인지 구분할 능력을 키우게 되었다. 물론 여전히 종종 속으며 최근엔 맛대가리 없이 달기만 한 보쌈김치를 2킬로나 샀지만, 그래도 이젠 한 번만 써도 천지개벽이 일어날 효과를 보장한다는 제품엔 혹하지 않는다. 수제 어쩌고, 천연 어쩌고 하는 것도 일단 경계한다. 나는 사랑과 정성을 가득 담았다는 아마추어의 손길보단, 제대로 된 시설을 갖춘 공장에서 프로페셔널하고 위생적으로 생산하는 영혼 없는 물건이 좋다.

크라우드펀딩도, 친분 있고 믿을 만한 사람이 진행하는 것이 아니라면 어지간해선 참여하지 않는다. 상품 소개 페이지는 그렇게 애정을 담뿍 담아 열정적으로 만들더니 정작 물건은 영 부실한 걸 보내는 판매자에게 여러 번 데였다. 그래놓곤 다음번 펀딩 때는 더 잘할 테니 그때 또 참여해달란다. 당장 내가 받은 물건이 엉망이라서 클레임을 하면, 환불이나 교환은 해줄 수 없지만 고객님의 소중한 의견을 모아 조만간 새로운 버전의 물건으로 '보답'하겠다는 것이다. 보답이라고는 해도 결국 한 번 더 사달라는 뜻이라 열받고 성질이 뻗치지만, 제대로 환불을 받거나 피해보상을 받기도 어렵다.

크라우드펀딩은 소비자보호법의 적용을 받지 않는다. 투자로 분류되기 때문이다. 즉 펀딩에 참여하는 사람은 판매자의 설명을 믿고 제작 전에 선 투자를 하는 거라, 판매자는 불량품에 대한 A/S를 하지 않아도 법적으론 별 문제가 없다. 크라우드펀딩 사이트는 요럴 땐 쏙 빠진다. 저런 고객님, 속상하시겠네요. 그치만 저희는 그저 중개 플랫폼인걸요.

이런 일을 겪으면 점점 짜게 식는다. 이런 인간들 때문에 크라우드펀딩 물이 흐려지고, 선량한 판매자가 피해를 본다. SNS, 콕 집어 인스타그램엔 유난히 별거 아닌 물건을 별거

인 것처럼 포장해 비싸게 파는 업체가 많다. 일단 사진만 근사하게 찍어 올리면 혹하게 만들기 쉬워서일 것이다. 나도 여러 번 혹했다. 그래봤자 락스인데, 심플한 용기에 담아 감성적인 네이밍의 스티커를 붙인 다음 뽀샤시하게 촬영해 '햇살 가득한 날, 마음속 묵은 때까지 지워줄 인생템'이라고 홍보한다. 뭐가 뭔지 들어도 모를 성분이 가득한 다이어트 주스는 일단 주문하기만 해도 몸이 가벼워진 기분이란다. 언니들, 아직 몰라? SNS에서 난리 난 바로 그 꿀템이야. 걸그룹 누구누구도 이거 마시고 뱃살 허벅지살 쏘옥 빼서 데뷔했잖아~ 울 남친에게는 비밀~

아아 지긋지긋해….

물.좋.권. 연대기

¶

'물좋권'이란 '물건이 좋지 않으면 권하지 않아요'를 줄인
것으로, 2000년대 초반에 내가 만든 표현이다. 나는 오래전
부터 마음에 드는 물건이 생기면 주변에 무척 열심히 권했
다. 이거 좋아, 진짜 괜찮더라고, 너한테도 잘 맞을 것 같아.
오랫동안 홈페이지를 운영하며 틈나는 대로 물좋권 목록을
하나씩 늘려갔고, 네이버 블로그를 거쳐 SNS에 매진하는
지금까지도 끊임없이 물좋권 중이다.

누가 제품을 제공해준다거나 돈을 주어서가 아니라 그저 써보니 참 좋길래 소개하고 싶어서 그런다. 홍대 나온 홍익인간이라 그런지, 주머니 사정 고만고만한 사람들을 널리 이롭게 하고 싶더라고요. 재밌는 얘기라면 다 함께 깔깔 웃어야 더 즐겁고, 맛있는 케이크도 나 한입 너 한입 같이 나눠 먹어야 더 달콤하다. 요거다 싶은 좋은 물건도 그렇다. 그게 뭐가 되었든 내가 좋아하는 걸 다른 사람도 써보니 좋더라는 얘길 들으면 그게 그렇게 뿌듯할 수가 없다. 저는 대체 왜 이러는 걸까요, 쇼핑 호스트의 피가 흐르나?

홈페이지와 블로그에서 물좋권 이야기를 할 때는 아는 사람들끼리만 알음알음 소곤소곤 즐거워했는데 SNS에서 보따리를 풀기 시작하니 어라, 분위기가 확 다르다. 인스타그램엔 해시태그가, 트위터엔 리트윗 기능이 있어서 누구든 어디로든 퍼나르며 공유할 수 있으니 그렇다. 내 마음에 드는 물건이니 나 같은 사람, 그러니까 40대 여성들이 좋아하겠거니 했는데 꼭 그렇지도 않다. 정말이지 다양한 연령대의, 다양한 일을 하는, 다양한 삶을 사는 사람들이 각자의 이유로 반응하고 공유한다. 그리고 그 과정을 보고 있으면 무척 즐겁고 재미있다. 나는 분명, 이런 순간을 통해 내 시야가 조금씩 넓어진다고 생각한다.

트위터에 연재 중인 물좋권 이야기는 현재 1만 회 이상 리트윗되었는데, 어떤 걸 소개했느냐 하면, 참으로 별것 아니기도 하고 별것이기도 한 것들이다. 기존 제품보다 물이 좀 더 잘 분사되고 손가락도 덜 피곤해지는 분무기라든가, 동치미 무를 갈아 넣어 시원하고 깊은 맛이 나는 비빔 고추장 소스라든가, 치아 사이의 음식물 찌꺼기를 더 효과적으로 빼내는 치실, 더 얇고 더 내구성 강한 일회용 밴드 등등. 대부분 대량생산하는 제품이라 구하기 쉽고, 크게 비싸지도 않다. 구하기 어렵거나 비싼 물건은 오히려 추천하기 어렵다.

누군가 물좋권 추천템을 써봤는데 괜찮더라는 답글을 달면 기분이 확 좋아진다. 그쵸? 그거 괜찮죠? 마구 웃으며 함께 즐거워한다. 그 회사, 내 덕분에 매출이 살짝 오르진 않았을까 속으로 뿌듯해하기도 한다. 십 원 한 장 받은 건 없지만요. 십 원 얘기가 나와서 말인데, 실은 그동안 물좋권 협찬 제안을 몇 번 받았더랬다. 제품을 공짜로 줄 테니 SNS에 홍보해달라는 곳도 있고, 거기에 더해 돈을 주겠다는 곳도 있었다. 그래서 했느냐. 아뇨, 한 번도 안 했답니다. 나름의 자부심이 있어서 그렇다. 홍익인간의 명예를 걸고 직접 써본 정말 괜찮은 물건만 소개하는 게 물좋권이라고요! …라고는 하지만 돈을 무지하게 많이 주면 냉큼 받을 것도 같다. 애초너무 적은 돈을 얘기하길래 흥, 하며 거절한 것이다. 관계자 여러분, 연락주세요. 010-89XX…

절대라는 말은 절대

¶

절대 뭐뭐는 하지 않을 거라든가, 절대 뭐뭐는 싫다는 말이 얼마나 부질없는지를 나이 먹을수록 더 자주 실감한다. 세상에 '절대'라는 게 어디 있겠습니까. 자기도 모르게 서서히 바뀌거나 혹은 조금 머쓱해하며 과거에 뱉었던 절대를 주워 담곤 하죠.

단 음식은 절대 싫다던 사람이 언제부턴가 달달한 것에 푹 빠져 찾아다니며 먹기도 하고, 아메리카노만 마시던 사람이 카페라테 마니아가 되기도 한다. 책도 영화도 여행 스타일도 돌고 돈다. 이런 변덕은 싫지 않다. 취향이란 게 영영 바뀌지도 꺾이지도 않는다면 사는 게 좀 재미없을 것 같다. 하여간 그래서, 나는 최근에 또 어떤 절대를 수줍게 번복했는가 하면….

독자 여러분은 '주름옷'이라는 걸 입어보셨습니까? 어머님들이 참 좋아하는 옷인데, 자잘한 주름이 잔뜩 잡힌 옷감으로 만든다. 몸을 움직이면 주름도 함께 아코디언처럼 펴졌다 접혔다 한다.

주름옷을 처음 만든 건 일본 디자이너 이세이 미야케인데, 1994년 패션 브랜드 '플리츠 플리즈'를 런칭해 지금까지 봐도 봐도 신기하고 환상적인 옷을 끊임없이 만들어낸다. 기하학적이고 심플하다.

하지만 뭐랄까, 좀 중후한 느낌의 디자인이고 가격도 워낙 세서 내가 입을 옷은 아니라고 생각했다. 이 브랜드가 아니더라도 인터넷 쇼핑몰에 저렴한 주름옷이 가득하지만, 그렇대도 그걸 입을 일은, 아휴 절대 없지!

그리고 그 절대가 무너졌다. 시작은 자라ZARA였다. 나는 이 브랜드를 무척 좋아하는데, ① 화려한 옷을 선호하고 ② 갖고 있는 옷에 금방 질리고 ③ 풍채가 매우 좋은 사람이라 칠면조 깃털 같은 옷이 가득하며 수시로 새 디자인이 들어오고 XL, XXL 사이즈의 옷을 제작하는 자라에 매우 충성한다. 그런데 어느 해 여름, 자라 매장에 다른 것도 아닌 주름 원단의 옷이 잔뜩 들어온 것이다. 엥? 이거 주름옷이잖아? 너무 어머님 스타일인데?

뭐 그치만 일단은 신제품이라 요리조리 들춰보았고, 피팅룸에 몇 벌 가지고 들어가 긴가민가하며 걸쳐보았는데, 오메 이게 무슨 일이야! 가볍고 찰랑거리고 몸에 들러붙지 않고 시원한데요? 게다가 주름이 착시현상을 일으키는 건지 어쨌는지 좀 날씬해 보이는 것 같기도 한…데…요?

일단은 시험 삼아 주름옷 상의만 한 벌 질렀고, 자꾸 생각나길래 며칠 후엔 바지도 하나 샀다. 입다 보니 괜찮길래 다른 색으로도 하나 더. 여름이 끝나갈 무렵 정신을 차려 보니 어느새 원피스에 카디건에 후드 집업에, 자라에서 나온 주름옷이란 주름옷은 몽땅 다 내 옷장에 들어 있지 뭐겠습니까. 그래도 이건 자라니까, 젊은이들이 입는 브랜드니까 난 아직 젊다며 애절하고 애처롭게 믿었다. 그런데 젊은 사람은 '젊다'는 표현 자체를 안 하지 않나 싶긴 한데….

그나저나 입어보니 편하긴 편하다. 왜 어머님들이 주름옷을 그렇게 좋아하는지 알겠다. 다른 옷 다 제쳐두고 자꾸 이것만 손이 가네. 하긴 생각해보면 내 나이가 마흔 중반인데 어머님 소리 듣기에 요만큼도 부족함이 없다. 맞아, 정말 그렇지. 그 사실을 받아들이니 의외로 마음이 굉장히 편해졌다. 혼자만 입기엔 물건이 너무 좋아서 주변에도 열심히 권하고 있다. 다들 입어봐요. 쫙쫙 늘어나. 무릎도 잘 안 나와.

아마도 조만간 대대적으로 옷장 정리를 해야겠지. 스판기가 전혀 없어서, 혹은 이미 작아져서, 하지만 아까워서 붙잡고 있던 옷들을 고이 보내주고 오늘의 나에게 잘 맞는 옷들을 옷장 안에 착착 걸어놔야겠지.

나이를 먹는 거라고만 생각하면 기분이 살짝 칙칙해지지만 이건 엄연한 업데이트다. 오늘의 나에게 뭐가 좋은지 잘 살펴보고 실행하는 '스타일 업데이트'.

중년의 나이, 작정하고 멋을 내긴 했는데 뭔가 미묘하게 촌스럽다면 자신이 가장 젊고 잘나갔던 10년 전 스타일에서 업데이트가 되지 않았다는 뜻이다.

20년 전 패션은 빈티지하고 레트로하며 힙하지만 10년 전 패션은 영 촌스럽기만 한 것, 그것이 바로 심오한 유행의 세계….

사랑해요, 새벽배송

¶

TV 채널을 이리저리 돌리다 마켓컬리 광고가 나오면 리모컨 누르는 걸 잠시 멈추고 경건한 마음으로 시청한다. 소중한 새벽배송을 처음으로 도입하신 마켓컬리님을 맞이해, 수도권 거주자로서 두 팔 들어 귀한 광고를 영접하는 것이다. 컬리님 감사합니다. 정말 큰일 하신 거예요.

…라고 일단 칭송하긴 했지만, 2015년경 이 쇼핑몰에 처음 접속해 쭉 구경하면서 했던 생각은 이거였다. 돈지랄이네.

채소도 과일도 고기도 달걀도 양념도, 모두 내가 평소에 사던 것보다 훨씬 비쌌다. 신선식품은 하나같이 친환경, 유기농 마크가 붙어 있었고, 다른 데선 보지 못한 근사한 수입 식재료도 많았다. 좋아 보이긴 하지만 에이, 이마트 가면 더 싼 걸 살 수 있구만, 너무 사치스러운 거 아냐? 고급스러운 걸 지향하나 보네 뭐. 아니면 아이에게 비싸더라도 좋은 걸 먹이고 싶어 하는 부모를 타깃으로 하는 거겠지.

뭐가 되었든 마켓컬리는 당시의 나에겐 꽤 멀게 느껴지는 곳이었다. 그들만의 세상 같은 쇼핑몰. 그런데 언제부턴가 조금씩 취급하는 품목이 다양해지더니 손이 갈 만한 것도 점점 늘어났다. 어라? 여기 좀 괜찮…은데…?

결정적으로 내 마음을 홀랑 뺏어간 건 빵이었다. 이태원 모 빵집의 인기 있는 제품 몇 가지를, 아 글쎄 지금 주문하시면 내일 새벽에 문 앞까지 배달해드린다잖아요. 이 엄청난 정보에 나는 너무 놀라 주먹을 입에 집어넣을 뻔했다. 이 빵집으로 말하자면 오픈하기 전부터 줄을 서서 기다리는 건 기본이고 오전 중에 그날의 빵이 동나버리는 일도 다반사다. 아무리 내가 빵을 사랑한다고 해도, 프리랜서라 시간을 자유롭게 쓸 수 있다 해도, 그래도 용인 사는 사람이 그 아침부터 빵 사러 이태원까지? 어우, 못해. 그래서 그 가게 빵이란 그저 상상 속의 해태나 봉황 같은 존재라고 생각하며 마음을 달래고 있었는데 어느 날 친구의 SNS에서 이 집 빵을 잔뜩 배송받아 냉동실에 넣어놨다는 얘길 본 것이다.

뭐어?! 이게 무슨 소리야? 너무 놀란 나는 당장 멱살이라도 잡을 기세로 친구에게 카톡을 보냈고… 그다음은 말해 뭐하겠습니까. 냉큼 마켓컬리에 접속해 급히 회원가입을 하고(그전까진 눈팅만 했다), 빵 카테고리를 클릭해 문제의 빵이 언제 재입고되는지 확인한 후 휴대폰 알람을 맞춰두고 기다렸으며, 그렇게 첫 새벽배송을 맞이했던 것입니다. 세상에, 이렇게 흡족할 수가 있나!

그날 이후 생각이 많이 바뀌었다. 프리랜서 초반 10년간, 분당 서현역 근처의 오피스텔을 사무실 삼아 일하는 동안엔 딱히 아쉬울 게 없었다. 서현역은 언제나 붐비고 젊고 새로웠다. 지금 가장 유행하는 걸 파는 가게가 생겼다 사라지기를 반복해 큰 노력 없이도 자연히 트렌드를 알 수 있었다. 그러다 용인으로 이사하니 한순간에 주변이 썰렁해졌다. 제일 가까운 스타벅스만 해도 마을버스와 지하철을 갈아타고 1시간은 가야 하니 왕복 2시간이다. 편의점에라도 가려면 20분을 걸어야 했다. 지금은 많이 달라졌지만 아파트 단지에 처음 입주했을 때를 떠올리면 아직도 눈가가 촉촉하고 아련해진다.

마켓컬리에서 처음으로 빵을 산 건, 그렇게 조용하고 휑한 동네에 산 지 꽉 채워 2년 되었을 무렵이다. 포장을 풀고 빵 냄새를 킁킁 맡았다. 맞아, 난 이런 게 너무 그리웠어. 지금 제일 인기 있는 곳에 가서 제일 잘 팔리는 음식을 먹고 싶어. 직접 가는 게 어렵다면 최소한 배달이라도 받고 싶다고. 이젠 그 잘나가는 전지현이 마켓컬리 광고에 등장한다. 그걸 보고 있으면 왠지 내가 키운 회사 같아서 뿌듯하다(물론 지분 같은 건 1도 없습니다). 인간이란 참 간사해서, 처음 새벽배송을 받았을 땐 좋다 못해 황송했다. 아니, 이런 신세계가 있나! 그런데 이젠 너무 당연한 것 같고 심지어 일반 택배 배송이 느리고 답답하게 느껴진다.

새벽배송은 배송료가 꽤 비싸서 수시로 조금씩 주문하기 어려운데, 무제한 무료배송 멤버십 서비스를 알게 된 후엔 그런 부담이 확 줄었다. 마켓컬리에는 '컬리패스'라는 게 있어서 매달 4,500원을 내면 한 달 내내 무료로 새벽배송을 해준다(15,000원 이상 주문 시에). 소비자 입장에선 한 달에 두 번만 주문해도 뽕을 뽑는 장사다. 그리고 내가 딸랑 두 번만 주문할 리 없다.

새벽배송 후발주자인 쿠팡은 한술 더 떠서 월 2,900원에 무제한으로 무료배송을 해주는 멤버십 서비스 '로켓와우'를 런칭했다. 마켓컬리를 통해 이미 그 꿀맛을 제대로 봐버린 후라 소식을 듣자마자 냉큼 가입했더니 얼리버드 멤버 혜택이라며 무려 8개월이나 무료로 이용할 수 있었다. 쿠팡… 무서운 회사….

마켓컬리도 쿠팡도, 이른 아침에 문 앞까지 물건을 배달해주니 세상 편하지만 분리배출거리가 금세 잔뜩 쌓인다. 분명 그저께쯤 스티로폼 박스와 종이 상자를 한 아름 갖다 버렸는데 어느새 또 이만큼이다. 마켓컬리는 여기에 꽤 진지하게 대응하고 있는데, 택배 상자용 접착테이프와 충전재가 재활용 가능한 종이 소재로 바뀌었다. 아이스팩은 기존의 것과 달리 물을 넣고 얼린 거라 녹으면 물을 따라버리고 포장만 분리배출하면 된다. 환영할 만한 변화이고, 분명 다른 회사에도 자극이 될 것이다. 변방의 소비자 1인으로서 뒷짐 지고 근엄하게 말하겠다. 그래, 내가 당신네 회사에 이렇게 열심히 돈을 쓰고 있으니 앞으로도 계속 노력해서 발전하라 이겁니다. 에헴.

그나저나 택배 상자를 정리하다 보면 때론 한심스럽다. 국민 개개인이 이렇게까지 열과 성을 다해 분리배출하는 나라가 또 있을까? 여행 작가로서 수많은 나라를 여행하고 때론 한 곳에서 한두 달씩 체류하며 보고 느낀 결론은, 아직까진 없다는 것이다. 먹고사느라 바쁜 와중에 종이는 종이대로, 스티로폼은 스티로폼대로, 유리병은 유리병대로 성실히 분리배출하는 대한민국 국민. 우리, 너무 훌륭하지 않나요.

웰컴 투 샤오미 월드

¶

시작은 보조배터리였다.

2014년이었나. 용량은 작으면서 엄청 비싸고 무거운 국산 제품 몇 가지 말고는 선택의 여지가 없던 시절, 홀연히 샤오미 보조배터리님이 강림하셨다. 인터넷 커뮤니티를 서핑하다 그 님의 존재를 알게 되었는데 디자인도 예쁜 것이 가격도 좋아 마음에 쏙 들었다.

야, 이게 뭐냐. 딱 갖고 싶게 만들었네! 어디서 만든 거지?

샤, 뭐? 처음 듣는 중국 회사인데 혹시라도 쓰다가 터지는 거 아냐? 인터넷에선 이런저런 말이 많았고 다들 미심쩍어했지만 곧 빠르게 인기를 얻었다. 나는 한동안 눈치를 보다가 별 문제없는 것 같길래 뒤늦게 따라 샀다. 뭐 그렇게 겁이 많으냐 싶겠지만 그때는 충분히 그럴 수 있다고 생각했다. 삼성 갤럭시노트 폭발사고가 일어난 게 2016년이라고요.

하여튼 나의 첫 샤오미 보조배터리는 충전 용량 5,200mAh짜리였고, 2년가량 참으로 쏠쏠하게 잘 써먹은 후 용량은 2배면서 더 얇고 가벼워진 새 제품으로 갈아탔다. 그때쯤엔 샤오미는 '대륙의 실수'라는 별명으로 무척 유명해져 있었다. 이젠 보조배터리 정도는 우습고, 온갖 가전제품과 생활용품을 척척 만들어낸다.

당장 내 집 거실만 봐도 여기가 샤오미 제품 전시장인가 싶다. 내 피부는 소중하기 때문에 샤오미의 가습기를 틀어놓았다. 소파 옆에선 공기청정기가 조용히 돌아가고 있는데 물론 샤오미죠. 또 뭐가 있지? 욕실엔 음파 전동칫솔과 휴대용 구강세정기가 있다. 욕실 문 앞엔 규조토 발매트를 놓아두었다(샤오미에서 이런 것도 만들더라고요). 더운 계절엔 선풍기가 출동하고, 여행 갈 땐 기내용 캐리어와 수하물 캐리어 2종 세트가 활약한다. 블루투스 스피커는 작은 것 하나, 큰 것 하나를 사서 번갈아 쓴다. 애플 에어팟 프로를 영접하기 전에는 샤오미 블루투스 이어폰을 몇 년간 쏠쏠히 잘 썼다. 이쯤 되면 샤오미에서 상, 아니 상품권이라도 줘야 하는 거 아닙니까.

심지어 이 중 몇 가지는 스마트폰 앱으로 작동시킬 수 있는데, 70년대 중반에 태어난 나는 아직도 이런 게 너무 신기하다. TV 리모컨이 세상에 존재하지 않던 시절도 겪었는데 이젠 휴대폰으로 선풍기를 켜고 끈다니 놀라지 않을 수 없잖아.

여행용 캐리어도 무척 만족스럽다. 그동안은 으레 샘소나이트 제품을 썼는데, 워낙 비싸니 일단 인터넷 쇼핑몰에서 최저가로 정렬한 다음 오래오래 쓸 만한 무난한 가방을 고르곤 했다. 보통은 여기저기서 굴러도 때가 덜 타는 시꺼먼 색. 마음 같아선 디자인이 괜찮은 걸로 사고 싶지만 내 눈에 차는 건 희한하게 제일 비싸다. 돈은 없는데 눈은 높아서.

그러던 어느 날, 샤오미에서 캐리어를 만들었다는 소식이 바람에 실려왔길래 뭣이! 하며 냅다 검색했는데… 아니 이것은… 이 크기에, 이 가격에, 이 디자인! 층간소음이 생기지 않도록 마음속으로 기뻐 날뛰며 과감히 새하얀 색의 커다란 캐리어를 주문했다.

흰색 여행 가방, 이건 가슴속 어딘가에 묻어둔 오래된 로망이다. 때 안 타게 관리할 자신이 없어서 하얀 롱패딩도 포기한 판에 수하물 벨트에서 이리 쿵 저리 쿵 마구 굴러다닐 캐리어를 새하얀 거로 사다니!

그런 건 가방을 목숨 걸고 관리해줄 개인 비서를 수십 명씩 둔 재벌이나 쓸 수 있는 거 아닌가요? 그런데 샤오미 캐리어는, 이 정도 가격이라면 한 번쯤 호기를 부려볼 만해 과감히 지른 것이다.

아아, 나도 꼭 한번 해보고 싶었어. 사진발 잘 받는 새하얗고 어여쁜 새 캐리어를 끌고 인천공항 한 바퀴! 10년 넘게 쓰던 시커먼 샘소나이트 캐리어는 이참에 폐기물 스티커를 붙여 아파트 쓰레기 집하장으로 고이 보내드렸다. 안녕… 잘 가….

샤오미의 여러 제품을 둘러보고 있으면, 어디선가 본 것 같은 느낌이 든다. 좀 더 구체적으로 말하자면 애플이나 발뮤다, 플러스마이너스제로 같은 회사가 떠오르는 것이다. 산업디자인 전공자로서(에헴), 직업윤리라는 측면에서 디자인 오리지널리티에 대해 생각하면 좀 복잡한 마음이 들지만, 가격과 성능을 따지다 보면 역시 만만한 게 샤오미라 결국 손이 간다.

자취생의 친구는 다이소라지만 예산이 빠듯할 때나 그렇고, 나이도 먹고 이제 좀 살 만하다 싶으면 샤오미로 넘어가는 것이다. 거기서 더 나간다면? 그야 뭐, 각자 능력껏 취향을 반영한 좋은 물건을 사는 거죠.

이젠 필요한 게 생기면 혹시 샤오미에도 있지 않을까 기대하며 일단 검색부터 한다. 최근엔 쓰레기통을 주의 깊게 살펴보는 중이다. 아 글쎄, 가까이 다가가면 뚜껑이 자동으로 열리고 다 쓴 쓰레기봉투를 열로 밀봉해주기까지 한다는 거 아니겠어요…라고 잔뜩 흥분해서 이야기하니 이 책의 편집자인 N님은 요즘 샤오미의 무선 욕실 청소기를 눈여겨보고 있다며 카톡으로 제품 링크를 보내주었다. 둘이서 성수동 카페에 나란히 앉아 각자의 스마트폰으로 같은 제품 설명을 열심히 읽었다.

"작가님, 어때요? 괜찮죠?"

"헐… 저도 이것만 있으면 욕실 청소를 할 것 같아요…"

아무래도 샤오미는 세상을 지배할 것 같다.

청소도구 수집가

¶

청소를 좋아하십니까? 나로 말하자면, 청소가 잘되어 있는 공간을 좋아한다. 그러나 직접 하는 건 귀찮다. 그냥 귀찮은 게 아니라 진심으로 너무!!! 느낌표를 3개나 붙일 만큼 귀찮다. 싫은 것과는 다른 감정인데, 청소가 왜 싫겠습니까. 일단 하고 나면 공간이 쾌적해지는걸요. 그저 너무 귀찮을 뿐이다.

그래서 내 목표는 언제나 부지런히 쓸고 닦고 가꾸는 게 아니라, 일단 한 번 제대로 싹 치운 다음에 그 상태를 최대한 길게 쭉 가져가는 것이다. 어지간하면 집을 건드리지 않고, 청소한 그대로 오랫동안 유지하려고 한다. 내 휴대폰 카메라 성능이 좋아서인지 사진을 찍으면 꽤 괜찮아 보인다. SNS에 올리면 집 예쁘게 해놓고 사시네요, 라는 이야기를 종종 듣는다. 호호 감사합니다, 라고 답한다. 뻔뻔하군.

이따위로 해놓고 살면서도 칭찬받을 수 있는 팁이라면(별게 다 팁이긴 한데) 애초에 내추럴 인테리어를 지향해버리면 여러모로 속 편하다. 올 화이트 톤의 미니멀한 공간이라면 조금만 어질러도 티가 확 나지만, 누리끼리하고 갈색갈색한 톤의 거실에다 녹색 식물을 좀 놓아두면 포근한 컨트리풍의 집으로 보일 확률이 높아진다. 여행지에서 사온 괴이한 소품 같은 것도 좋다. 내 집 거실은 자잘한 소품이 너무 많아 점점 전통찻집 분위기로 변하고 있긴 하지만.

하여간 청소 상태라는 건, 괜히 가까이 와서 들여다보지만 않으면 큰 문제가 없다. 선반에 허연 먼지가 곱게 쌓여 있다거나, 머리카락이나 꼬불거리는 털이 바닥에 굴러다닌다거나, 하얀 창틀에 꺼먼 먼지가 끼어 얼룩말 무늬처럼 보인다거나 하는 건 멀리 떨어져 아련하게 바라보면 눈에 잘 띄지 않는다. 손님이 오기 전엔 별문제 되지 않고, 온다 해도 애초에 서로 알 거 다 아는 어지간히 친한 사람 아니면 집에 들일 일이 없으니(사람은 자고로 아름다운 거리를 유지해야 하는 겁니다) 역시 별 상관없다.

이럴 땐 우렁이가 한 손에 진공청소기를, 다른 손에 20리터짜리 쓰레기봉투를 들고 뽕 나타나면 좋겠다. 대체 어디서 뭐 하고 있는 거냐 우렁아! 우렁각시 설화는 있어도 우렁신랑 설화는 없다는 게 참으로 원통하고 빈정 상한다. 생각할수록 열받는다. 그치만 뭐, 우렁신랑 따위 있어봤자 키울 곳도 마땅치 않고(가습기 물통에 넣어둬야 할까?), 청소한답시고 끈적이는 점액질을 온 집 안에 잔뜩 묻히고 다니겠지.

그냥 잘게 썰어서 우렁된장이나 끓이는 게 나을 것 같다.

나처럼, 청소를 완전히 싫어하는 건 아니지만 몹시 귀찮아 하는 자들에겐 청소도구를 수집하는 습성이 있다. 그래 이거라면, 정말 이거라면 왠지 청소를 즐겁게 할 수 있을 것만 같은 환상에 사로잡힌다. 아냐, 즐겁지 않아도 돼. 그냥 지금보다 조금만 덜 귀찮아지기만 하면 좋겠어. 그런 마음으로 결제 버튼을 누른다.

그러나 언제나 실패다. 이제 신발장 안에는 신발보다 청소도구가 더 많다. 눈에 보이면 죄책감이 들기 때문에 최대한 보이지 않는 곳에 처박아놨다. 아, 혹시 안 보여서 청소를 안 하는 건가? 아니라고요? 네, 저도 알아요….

단 하나의, 궁극의 청소도구가 있으면 좋겠다. 그럼 이것저것 잡다하게 살 필요 없잖아. 맞아, 따져보면 정말 그렇다. 스마트폰 액정이 반으로 접히고 자동차가 자율주행을 하는 세상인데, 내가 가만히 있어도 자기 혼자 웅웅 치키치키 하면서 열심히 청소를 싹 해놓는 그 무언가가 나올 만도 하지 않았냐 이거야!

물론 로봇청소기도 꽤 쓸 만하지만 역시나 아직 멀었다. 이 친구를 쓰기 위해선 바닥에 흩어진 물건들을 내 손으로 어느 정도는 치워놔야 한다. 가끔은 엉뚱한 곳에서 헛발질하고 있는 걸 야야, 정신 좀 차려봐라 하며 바른 길로 이끌어줘야 한다. 먼지통은 또 어찌나 작은지, 나의 털과 먼지로 금세 가득 차버려 틈나는 대로 탈탈 털어줘야 한다.

청소도구 수집가답게 로봇청소기와 별개로 로봇 물걸레 청소기도 사용하는데, 이 친구도 열심히 자기 할 일을 하지만 끝나면 물통을 비워주고 깨끗이 관리해야 하며, 탈부착식 걸레도 잘 빨아 바싹 말려야 한다. 안 그러면 걸레에서 걸레 냄새가 난다. 그럼 끝장이다. 그 걸레는 다시 쓸 수 없다. 그랬다간 온 집 안에서 걸레 냄새가 풀풀 난다. 어떻게 알았냐고요? 저도 알고 싶지 않았어요….

궁극의 청소도구는 아마도, 이미 오래전에 개발되었을 것이다. 분명 그럴 거야. 세상에 똑똑한 사람이 얼마나 많은데! 하지만 대기업의 높은 사람들이 꼭꼭 숨겨놓고 절대 순순히 내놓지 않을 것이다. 대신 '궁극이'(라고 부르자)의 온갖 환상적인 기능을 딱 하나씩만 가져다가 어정쩡한 제품을 만드는 거겠지. 스마트폰만 봐도 그렇다. 작년에 출시된 기계에다 카메라 해상도 같은 것만 조금 바꾼 다음에 가격을 확 올려서 신제품이라며 내놓잖아요. 그러니 분명 우리 궁극이는 LG나 삼성, 샤오미나 다이슨 같은 곳의 비밀금고에 갇혀 있을 것이다.

보고 싶다 궁극아…
너만 있으면 내가 진짜 청소를 열심히 할 텐데…
듣고 있니 궁극아…!

40대의 생활명품

¶

휴대폰으로 인터넷 서핑을 하거나 남의 SNS를 구경하다가 오, 이거 괜찮다 싶은 게 있으면 즐겨찾기에 추가하거나 화면을 캡처한다. 당장 필요한 거면 그 자리에서 주문하지만, 꼭 그렇진 않을 땐 일단 요렇게 저장만 해둔다. 그러고는 이런저런 다른 일을 하는 사이 까맣게 잊어버렸다가 한참 나중에 휴대폰 사진 갤러리를 보곤, 아 맞다 이런 게 있었지 한다. 길고 긴 즐겨찾기 목록을 하나씩 눌러보며 다시 들여다보기도 하고. 많기도 많네. 그런데 어라, 내가 이런 걸 왜 찜했지 싶은 것도 꽤 있다. 과거의 나, 무슨 생각이었어?

그사이 내가 업데이트된 모양이다. 업데이트는 중요하다. 가끔은 나와 내 주변을 확 뒤집어 탈탈 털어본다. 문제없나? 더 나아질 수도 있지 않을까? 그동안은 별 불평불만 없이 쓴 물건이지만, 공예품이 아닌 이상 분명 구형이 되었을 것이다.

나는 차곡차곡 나이를 먹었고 이제 중년이 되었다. 오늘의 나를 더 쾌적하고 안전하게 해줄, 더 좋은 무언가가 있을지 모른다. 그전엔 몰랐던 새로운 선택지가 있다면 너무 오래 머뭇거리지 않고 시도하고 싶다. 자, 그런 의미에서 40대 중반 여성인 제가 최근에 참 잘 샀다며 흐뭇해하는 생활용품 몇 가지를 소개해보겠습니다.

1. 워터픽

가느다란 물줄기를 치아 사이에 세게 쏘아 음식물 찌꺼기를 빼내는 도구다. 사놓기는 꽤 오래전에 사놨는데, 귀찮아서 가끔 생각날 때나 한 번씩 썼던 게 2~3년 전부터는 없어선 안 될 물건으로 등극했다. 왜냐고요? 그놈의 만유인력의 법칙이 어찌나 내 몸뚱이에도 성실하게 적용되는지, 볼살도 처지고 가슴도 처지는 와중에 잇몸까지 처지기 시작했다. 그러니까 잇몸 끝부분이 스리슬쩍 내려앉으면서 치아 윗부분을 살짝 덮는데, 칫솔과 치실만으론 어째 개운하지 않다. 워터픽이 나설 차례다. 덮인 잇몸과 치아 사이를 물줄기로 좌아아 훑으면 대체 그 안에 뭐가 있었던 건지 콧속으로 좋지 않은 냄새가 퍼진다. 아아 신이시여… 더러워 죽겠네요…. 하여간 그렇게, 요즘 참 열심히 워터픽을 쓰고 있습니다.

2. 우포스 슬리퍼

족저근막염까지는 아니지만 발바닥이 예전 같지 않다. 예전이 언제냐고 물으신다면 글쎄요, 암튼 30대 때와는 확실히 다르다. 똑같이 걸어도 더 피로하고 뒤꿈치 쪽이 뻐근하다. 검색을 통해 우포스 슬리퍼를 알게 되었는데, 투박하고 둔하게 생겨선 색깔도 칙칙해 마음에 들지 않았지만 외국 쇼핑몰의 리뷰가 워낙 좋아서 눈 딱 감고 질렀다. 그래서 어땠냐고요? 야, 이거 참 괜찮네요. 푹신하지만 푹 꺼지지 않고 쫄깃하면서 안정감 있다. 집 안에서 실내화로 잘 쓰고 있는데 신고 있을 땐 소중함을 잊고 있다가 무심코 맨발로 마룻바닥을 텁 하고 밟으면 차이를 확 느낄 수 있다. 한편, 모 아이돌의 추천템이라는 엄지손톱만 한 자갈이 잔뜩 붙어 있는 지압 슬리퍼도 샀는데, 부엌 싱크대 앞에 놓아두고 설거지를 하는 동안만 신고 있다. 발 건강에 좋은지는 전혀 모르겠고 인내심을 기르는 데는 도움이 될 것 같더라고요.

3. 마담 헹 데오도란트 비누

태국의 비누 마담 헹은 한국 인터넷 쇼핑몰에서도 쉽게 구할 수 있다. 종류가 다양하고 가격도 괜찮아서 이것저것 써 보았는데 그중 데오도란트 비누가 무척 마음에 들었다. 평소에 땀을 많이 흘리거나 체취가 강한 편이 아니어서 굳이 탈취제 제품을 쓰지 않았지만, 40대가 되면서 슬슬 나한테도 노인 냄새가 날까 봐 걱정되기 시작했다. 아시죠? 그 냄새. 뭐라고 콕 집어 설명하기 어려운, 톡 쏘고 꿉꿉한 냄새. 귀 뒤와 인중, 목덜미 같은 곳에서 주로 난다고 한다. 얼마 전 50대 친구 커플의 결혼식에 참석했는데, 신랑신부 친구들의 단체 사진을 찍을 차례가 되어 우루루 단상으로 나가 바짝 붙어서 포즈를 취하는 내내 사방에서 노인 냄새가 풀풀 풍겨 기겁했다. 맙소사! 이게 무슨 일이야? 결혼식이라 다들 깔끔하게 하고 왔을 텐데도 이래? 어쩌면 일부는 나에게서 나는 것일지도 모른다. 그렇게 생각하니 두렵다. 이러다 아무도 내 곁에 가까이 오고 싶어 하지 않는, 냄새나는 노인이 되면 어쩌지? 그리하여 요즘은 예전보다 더 자주 베개커버를 세탁하고, 데오도란트 비누와 이런저런 바디 제품으로 더 깔끔하게 씻고 관리하려 노력하고 있다.

4. 기저귀 가방

맙소사! 내가 이런 걸 쓰게 될 줄은 정말 요만큼도 예상하지 못했다. 모든 것은 트위터에서 시작되었는데 '가볍고 큼직하고 크로스로 멜 수 있으며 수납력이 짱짱하고 물건을 찾기 쉽고 방수도 되는 가방을 찾느냐, 그렇다면 기저귀 가방 카테고리를 공략하라'는 내용의 글이 어느 날 트위터 타임라인에 한 줄기 빛처럼 내려꽂힌 것이다. 네? 무슨 가방요?? 비혼이고 자녀도 없는데 웬 기저귀 가방? 그래도 혹시나 하는 마음으로 네이버 쇼핑 검색창에 기저귀 가방을 입력했는데 세상에, 괜찮아 보이는 게 좌라락 나온다. 딱 봐도 큼직하고 튼튼한 게, 노트북이며 책이며 몽땅 다 때려넣어도 여유만만할 것 같다. 아주 넉넉한 사이즈인데 무게는 300그램밖에 안 된다는 것도 있고, 튼튼한 캔버스 소재에 완벽한 방수 기능을 갖추었다는 것도 있다. 심지어 보냉 주머니가 달린 가방도 있는데, 더운 날씨에 이유식이 상하는 걸 방지하기 위해 특수 소재를 쓴 거란다. 하나같이 디자인도 꽤 괜찮은 게 어지간한 옷엔 적당히 다 어울릴 것들이다. 트위터 선생님들, 감사합니다.

당장 생각나는 것들만 해도 벌써 이만큼인데… 맞다, 그러고 보니 얼마 전엔 속옷 서랍도 제대로 뒤집었다. 가슴을 확실히 올려준다는 푸시업 브라를 버린 지는 이미 오래되었고, 그나마 몇 개 남아 있던 와이어 달린 브라도 이참에 싹 치웠다. 와이어라니, 그동안 입을 만큼 입었다. 이젠 브라렛이다. 쭉쭉 늘어나고 가볍고 덜 조인다. 물론 편한 브라는 노브라뿐이라 어지간하면 맨몸으로 다니지만 브라가 없으면 좀 곤란한 옷도 있으니 필요할 땐 브라렛을 입고 있다.

업데이트에는 생각보다 용기가 많이 필요하다. 오늘의 내가 구버전이라는 걸 인정해야 하기 때문이다. 그래서 자꾸만 지금까지 하던 대로 계속해도 되지 않느냐고, 쓰던 물건을 그냥 쭉 써도 문제없지 않느냐고 스스로 합리화하고 싶어진다.

하지만 나는 용기를 낼 것이고 주기적으로 나를 탈탈 털어 재정비할 것이다. 그걸 못한다면 과거의 영광 속에 묻혀 살아갈 뿐. 아 물론, 영광이란 게 있다면 말이죠.

에필로그

욕망이 나를 움직인다

¶

최근에 새로 산 물건 중에 뭐가 제일 좋아? 요즘은 어떤 전
시가 제일 볼 만하대? 어느 식당, 어느 카페의 어떤 메뉴가
맛있대? 나는 그런 게 항상 궁금하다. 끊임없이 인터넷을
뒤지고 주변 사람들에게 묻는다. 재미있다. 열심히 정보를
수집하고 경험하고 더 좋은 게 있진 않을까 계속 찾아다니
는 게 그렇게 재미있을 수가 없다. 욕구, 욕망, 욕심이 나를
부지런히 움직이게 한다.

이 책의 임시 제목은《물욕》이었다. 이런 이야기를 써보면 어떨까 처음으로 구상하던 때 즉흥적으로 붙였는데, 사실 나는 아직도 그 제목에 미련이 있다. 물욕, 강렬하잖아요. 아주 어릴 적부터 나는 "저년 저거, 욕심이 드글드글한 년이야"라는 소리를 수시로 듣고 자랐다. 맞벌이로 바쁜 부모님 대신 주 양육자 역할을 한 할머니에게서.

70년대 중반, 딸 둘에 막내아들을 둔 집이라는 건 귀한 아들을 얻기 위해 먼저 두 번의 실패를 겪었다는 뜻이다. 가운데 낀 둘째 딸인 나에게 할머니는 종종 낳아준 걸 고마워하라고 말했다. 물론 내가 그런 소리를 순순히 듣고만 있었을 리 없지. 가만히 있으면 누구도 챙겨주지 않는 둘째 딸은 손을 높이 쳐들고 펄쩍펄쩍 뛰며 어떻게든 내 것을 잡아채야 했고, 다시 빼앗기기 전에 입에 와구와구 넣고 꿀꺽 삼켜야 했다. 귀한 손자에게 가야 할 몫이, 이 집안의 장녀도 아닌 잉여 둘째 딸에게 가는 게 할머니는 너무 아까웠을 것이다.

많이 혼나고 많이 맞았다.

집에선 수시로 고약한 한약 냄새가 났다. 어디 어디에 좋다는 흑염소, 개소주, 그리고 이런저런 약을 쉴 새 없이 달였고 가끔은 시커멓게 태워먹었다. 남동생과 언니는 철마다 번갈아 약을 마셨다. 나는 한 번도, 단 한 방울도 맛보지 못했다. 어쩌면 그랬을까. 눈앞에 빤히 내가 있는 걸 보면서도 말이지. 한참 나중에, 같은 시대를 공유한 한국의 둘째 딸에겐 흔한 경험이란 걸 알았다.

그래선지 나는 욕심이 많다. 더 좋은 걸 갖고 싶다. 오랫동안 이런 내 마음에 대해 죄책감 같은 걸 느끼며 살았는데, 욕심이라는 단어가 거의 언제나 부정적인 의미로 사용되어서다.

데이비드 핀처 감독의 영화〈세븐〉에는 기독교에서 이야기하는 일곱 가지 죄악이 등장한다. 교만, 탐욕, 질투, 분노, 색욕, 식탐, 나태. 영화 속 연쇄살인범은 자신을 신의 사자라고 착각하며 이 일곱 가지 죄를 저지른 사람을 찾아내 한 명 한 명 살해한다. 그런데 잠깐만요. 이게 무슨, 죽을 정도로 대단한 죄인가? 아니 애초에 죄가 맞긴 한가?

예를 들어 프리랜서 창작자로서 나는 최대한 열심히 나대는데, 그래야 이름을 알려 더 많은 일을 할 수 있기 때문이지만 교만하다는 죄를 뒤집어쓰기도 딱 좋다. 어떤 날엔 발가락 하나 까딱하지 않고 종일 드러누워 쉬는데, 아이구 자칫하면 나태하다며 불벼락을 맞겠네. 이런 식으로 문제의 일곱 가지 항목을 들여다 보니 해당 종교는 욕심을 어지간히 경계하는 모양이다. 탐욕, 색욕, 식탐… 모두 제가 참 좋아하는데요….

이렇게 신의 권위를 빌려서까지 욕심은 나쁜 것이라 하니 독실한 무교인인 나까지도 영향을 받지 않을 수 없다. 특히 이 나라는 결혼 안 한 여자가 돈 쓰는 것에 파르르 떠는 경향도 있고(아니 내가 벌어 내가 쓴다는데!). 그런 거 할 돈 있으면 집안 세간살이를 바꾸자든가, 네 오빠나 남동생 뭐 하는 데 좀 보태주자든가, 그 돈으로 가족여행 가자는 식이다. 나는 '맏딸은 살림밑천'이라는 말을 소름 끼치게 싫어한다. 어디 맏딸만 그런가? 한국사회는 여성의 돈은 곧 가족 모두의 것으로 생각하는 것 같다. "제가 열심히 일하고 저축해서 이만큼 모았어요!"라고 하면 칭찬하는 대신, "마침 잘됐네, 돈 들어갈 데 많다"가 되는 것이다.

이런 일을 보고 듣고 때론 겪다 보면 점점 입이 오므라든다. 어지간하면 내가 가진 걸 드러내지 않게 된다. 갖고 싶은 게, 필요한 게 있어도 굳이 상의하지 않는다. 말해봤자 좋은 소리 듣기 힘드니까. '선 지름, 후 통보' 시스템은 이런 식으로 굳어진다.

돈 쓰는 일에 마음이 불편하고 심란할 땐 가만히 우선순위를 따져본다. 나는 실제로 빈 종이에 펜으로 쓰거나 워드파일을 새로 열어 되는대로 키보드를 두드린다. 무엇이 가장 중요하고, 무엇이 그다음인지 하나씩 써본다.

우선순위의 가장 맨 위엔 언제나 내가 있다. 무엇도 내 위에 있지 않다. 누가 뭐래도 그건 지킨다. 음식을 만들어 제일 맛있는 부위를 나에게 준다. 내 그릇엔 갓 지은 새 밥을 담는다. 함께 식사하는 사람이 있다면 그에게 좋은 걸 몰아주지 않고 공평하게 나누어 먹는다. 영 손이 가지 않을 땐 아깝다는 생각을 접고 음식물쓰레기로 처리한다. 난 이거면 된다며 복숭아 갈비뼈를 앞니로 닥닥 긁어 먹는 짓은 하지 않는다. 내 몸뚱이와 내 멘탈의 쾌적함이 가장 중요하다. 그걸 지키기 위해 난 싸울 준비가 되어 있다.

오늘도 내일도 좋은 것을 욕심내며, 기쁘게 지르겠습니다.

넥스트에세이 미리보기

02 이주윤 〔출세욕〕

팔리는 작가가 되겠어,
계속 쓰는 삶을 위해

다 가진 여자, 김애란

¶

스무 살 무렵부터 글을 쓰고 싶다고, 과연 써놓고 보니 좀 괜찮은 것 같다고, 이대로만 하면 유명한 작가가 될 수 있을지도 모르겠다고 생각했지만 인생은 언제나 마음과는 다르게 흘러가는 법. 글과는 아무런 상관없는 일만 주야장천 해왔다. 어찌어찌하다 보니 운 좋게도 이 바닥에 발을 들여놓게 되었으나 제대로 배우지 않았다는 생각이 늘 발목을 잡는다.

그리하여 자꾸만 학원을 기웃거린다. 에세이, 아동문학, 드라마, 시나리오, 극작법 등등. 배우고자 하는 마음만 있으면 대학에 가지 않고도 글쓰기를 얼마든 공부할 수 있는 시절이다. 내 친구는 이런 나를 보며 "실버대학까지 다닐 년"이라며 절레절레 고개를 내젓고, 어떤 편집자는 "네가 수업할 궁리를 해야지 왜 듣고 자빠졌냐"며 한심한 눈으로 쳐다보기도 했다만.

수년 전, 홍대 상상마당에서 '캐릭터 연구 워크숍'이란 수업이 열렸다. 한예종 극작과를 졸업한 후 같은 대학에 출강하고 있는 선생님이 진행하는 수업이었기에 강의의 질은 보장된 것이나 다름없었다. 한예종에 가지 않고도 한예종 수업을 들을 수 있다는 사실만으로도 고마워 죽겠는데 사진 속 선생님의 모습을 보곤 상상마당 쪽으로 감사의 절을 올릴 뻔했다. 그는 작가 중에서는 보기 드물게 잘생겼고 키도 컸으며 옷도 잘 입었다. 이런 천연기념물이 하는 수업은 들어야지. 암, 듣고말고.

시간은 흘러 흘러 기다리고 기다리던 수업 날이 되었다. 강의실에서 마주한 선생님의 실물은 사진보다 훨씬 멋졌고 목소리는 말해 뭐 해, 아주 그냥 예술이었다. 그가 PPT를 띄워놓은 칠판 앞을 이리저리 거닐 때마다 몸의 굴곡을 따라 텍스트가 물결치듯 흘렀다. 인물, 캐릭터, 안타고니스트, 프로타고니스트 등의 글씨를 온몸에 흠뻑 뒤집어쓴 채 그 속에서 유영하는 그의 모습이 너무나 섹시하여 감탄을 금할 길이 없었다.

나는 우등생이 되기로 결심했다. 선생님이랑 뭐 어떻게 한번 해보고 싶다는 건 아니었지만, 아니 뭐, 그 뭐가 뭔지는 나도 잘 모르겠지만, 어찌 되었든 우등생이 되는 일만이 내가 할 수 있는 전부라고 생각했다.

첫 과제는 입체적인 캐릭터를 만들어보는 것이었다. 선생님이 제시한 그림이 이야기의 결말이라고 가정했을 때, 그림 속 인물이 어떤 삶을 살아왔기에 그런 결말을 맞게 되었는지 상상해보는, 길바닥 출신 작가인 나에게 너무나 신선하게 다가온 과제였다.

"인물의 이름, 나이, 생김새, 몸무게, 키, 태어난 곳, 가족관계, 직업, 심지어는 어떤 냄새가 나는지까지도 세세하게 떠올려보세요."

나는 선생님의 눈에 띄기 위해 머리털을 쥐어 뜯어가며 '권지숙'이라는 가상의 인물을 만들어냈고, 그녀에게서는 '물비린내'가 난다고 설정했으며, 누가 보아도 뻑이 갈 만한 인생사를 기술했다. 과연 선생님은 내 과제에 관심을 보였다.

"물비린내, 정말 문학적인 표현이라는 생각이 듭니다. 이게 어떤 냄새인지 조금 더 자세히 설명해줄 수 있을까요?"

그가 나의 눈을 바라보며 물었다. 나는 떨리는 가슴을 애써 진정시키며 대답했다.

"왜, 그… 소주 많이 마시구요. 담날 일어나서 생수 마시려고 하면은 비린내 나서 역겹잖아요. 그때 나는 그 냄새…".

차갑기만 했던 그의 얼굴에 프흐흐 웃음꽃이 피었다. 와씨, 귀여워 죽어. 저 남자랑 뭔가를, 그러니까 수업 말고 또 다른 그 무언가를 해보고 싶다는 생각이 나를 사로잡았다. 그날 밤, 그의 귀여움 터지는 미소가 눈앞에 아른거려 잠을 이룰 수 없었던 나는 본격적으로 덕질에 돌입하기 위해 구글링을 시작했다. 그런데 이게 웬일이란 말인가. 그의 이름을 검색하자마자 나타난 기사 제목에 나는 경악을 금치 못했다.

'소설가 김애란, 극작가 고재귀 씨와 결혼'

이 글을 읽는 사람 중에 김애란을 모르는 사람은 없을 테니 자세한 설명은 생략하겠다. 그래, 너도 알고 나도 알고 우리 모두가 아는 그 유명한 김애란 말이다.

(다음 달에 계속)

내 글을 알아봐주는 사람을 만나면

¶

요즘 젊은이들은 브런치라는 플랫폼에 주로 글을 올린다. 나 때는 말이야! 네이버 블로그가 최고였다. 나는 그곳에 꽤 오랫동안 글을 썼다. 애초에 출판을 노리고 쓴 글은 아니었으나 어느 눈 밝은 편집자가 계약을 하자고 말해주길 기다렸던 건 사실이다.

실제로 출판 관계자나 현직 작가가 긍정적인 댓글을 남겨주는 경우도 있었고 더러는 만남을 제안하기도 했는데, 어떻게든 연줄을 움켜쥐고 싶었던 나는 한 치의 망설임도 없이 약속 장소에 나가곤 했다.

한번은 이런 댓글이 달렸다. 리얼리티를 살리기 위해 블로그를 뒤지고 뒤져 그때 그 댓글을 고대로 가져와 보았다.

'외람된 말씀입니다만 탁월한 재능에 감탄합니다. 물론 이런 아마추어의 찬사가 식상하실 수도…. 사람을 행복하게 만드는 글재주가 있으십니다. 블로그를 알게 돼서 기쁩니다. 유명해져서 멀어지기 전에 한번 뵙죠. 전 방송질 10년, 선생질 5년, 다시 딴따라 사업 준비하는 사람입니다. 준비되면 정식으로 인사 올리고 모시겠습니다.'

지금 읽어보아도 너무 좋아 콧구멍이 벌름거리는데 그때는 오죽했을까. 화려한 칭찬에 온 마음을 뺏긴 나는 겁도 없이 그를 만나러 갔다.

약속 장소에 도착하자 매너가 몸에 밴 40대 후반 아저씨가 나를 반갑게 맞아주었다. 그는 그 흔한 명함 하나 건네지 않은 채 두서없는 자기 소개를 길게 늘어놓기 시작했다.

조각처럼 흩어진 이야기를 짜 맞추어보니, 그는 과거에 모 방송국 아나운서였는데 잠깐 음악방송 피디를 하기도 했으며 여차여차하여 방송일을 때려치우고 미술 관련 사업을 벌여 큰돈을 손에 쥐었지만 개인 사정으로 해외에 10년쯤 체류하다가 한국에 들어온 지 얼마 되지 않았고, 옛날에 같이 일했던 사람들을 하나하나 만나며 엔터테인먼트 사업을 시작할 궁리를 하고 있다는 것이었다.

"참, 블로그에 글 쓴 거 보니까 주윤 씨가 준호를 좋아하는 것 같더라구요?"

나는 잠시, 준호가 누굴까 생각했다. 내가 아는 준호는 2PM의 준호뿐인데. 그치만 난 준호보다는 옥택연 쪽인데. 영문을 알 수 없는 내가 의아한 목소리로 "예? 준호요?" 하고 되묻자 그가 말했다.

"응, 준호. 봉준호."

그는 여러 유명인의 이름을 성 빼고 부르며 그들과의 친분을 과시했다. 기회가 되면 소개해주겠다는 꿈 같은 약속도 덧붙였다. 그의 말이 어디까지가 참이고 어디까지가 거짓인지 도무지 종잡을 수가 없었다. 어쩌면 허언증 말기 환자일지도 모른다고 생각했다. 친구들은 아무래도 사기꾼 같으니 더는 만나지 말라고 나를 뜯어말렸지만 어차피 내

통장에는 뜯길 돈도 전혀 없었기에 안심하고 그와의 만남을 이어갔다. 그는 나를 자주 불러내 여기저기 데리고 다니며 커피를 먹이거나 오리 고기를 먹이거나 술을 먹이곤 했다. 나는 그가 제공하는 여러 먹거리를 〈6시 내고향〉리포터처럼 받아먹으며 일과 관련된 이야기가 나오기를 기다리고 또 기다렸다.

하지만 그는 그저 먹기만 할 뿐, 일 얘기는 일절 꺼내지 않았다. 때로는 어느 호텔 사장이나 어떤 시나리오 작가나 무슨 작곡가를 만나는 자리에 나를 데려가기도 했다. 그는 일개 백수인 나를 개점휴업 중인 작가라 보기 좋게 포장하여 소개해주었다.

나는 그들 사이에 밤늦도록 앉아 〈아침마당〉방청객처럼 맞장구를 치거나 깔깔 웃기도 하며 분위기를 맞췄다. 거기서도 역시 일 얘기는 오가지 않았다. 나는 생각했다. 도대체 이 사람은 뭐 하는 인간일까. 그리고 이 인간을 만나는 이 작자들은 또 뭐 하는 놈들일까. 그에 대한 의심은 날이 갈수록 깊어져만 갔다.

그러던 어느 날이었다. 평소와 다름없이 불려 나간 술자리에 헉 소리가 날 만큼 유명한 감독이 앉아 있었다. 다행이다. 허언증 환자가 아니었어! 그를 알고 지낸 지 3년 만에 이루어낸 쾌거였다. 나는 몹시 흥분했지만 짐짓 아무렇지 않은 척 조용히 자리를 지키고 있다가 끓어오르는 궁금증을 도저히 참지 못하고 질문을 냅다 던지고야 말았다.

(다음 달에 계속)

먼슬리에세이 01 물욕

돈 지랄의 기쁨과 슬픔

2020년 5월 25일 초판 1쇄 | 2024년 4월 30일 12쇄 발행

지은이 신예희 **펴낸이** 박시형, 최세현
펴낸곳 드렁큰에디터 **출판신고** 2020년 4월 20일 제2020-000042호

© 신예희 (저작권자와 맺은 특약에 따라 검인을 생략합니다)
ISBN 979-11-970352-0-3 (02810)